곡두는 왜 고래 입속으로 들어갔을까?

꼭두는 왜 고래 입속으로 들어갔을까?

글ⓒ김옥랑 | 그림ⓒ이유정

초판 1쇄 발행일 2013년 7월 26일
초판 2쇄 발행일 2014년 10월 30일

지 은 이 김옥랑
그 린 이 이유정
펴 낸 이 이정원

출판책임 박성규
기획실장 선우미정
편   집 김상진 · 유예림 · 구소연
디 자 인 김지연 · 김세린
마 케 팅 석철호 · 나다연
경영지원 김은주 · 이순복
관   리 구법모 · 엄철용
제   작 송세언

펴 낸 곳 도서출판 들녘
등록일자 1987년 12월 12일
등록번호 10-156
주   소 경기도 파주시 교하읍 문발리 출판문화정보산업단지 513-9
전   화 마케팅 031-955-7374 편집 031-955-7381 경영지원 031-955-7375
팩시밀리 031-955-7393
홈페이지 www.ddd21.co.kr

I S B N 978-89-7527-679-8 (43810)

이 도서의 국립중앙도서관 출판시도서목록(CIP)은 서지정보유통지원시스템 홈페이지(http://seoji.nl.go.kr)와 국가자료
공동목록시스템(http://www.nl.go.kr/kolisnet)에서 이용하실 수 있습니다.(CIP제어번호: CIP2013012037)

꼭두는 왜 고래 입속으로 들어갔을까?

김옥랑 지음 ◆ 이유정 그림

들녘

꼭두가 나에게 가르쳐준 것

제가 꼭두를 처음 만난 것은 70년대 후반이었습니다. 당시 저는 삶의 방향을 찾지 못하고 방황하고 있었습니다. 거의 매일 "나는 누구인가?"라고 스스로에게 물음을 던지면서 고통스러워했고, 어떻게 출구를 찾아야 할지 모르는 막막한 심정으로 하루하루를 보냈습니다. 그러다가 청계천 고물상의 바닥에서 꼭두를 만났습니다. 아무에게도 관심을 받지 못하고, 버려져 있다시피 한 꼭두를 보자마자, 저는 감전된 것처럼 꼭두에 이끌렸습니다. 왜 그랬을까요? 저는 나중에 그 순간을 가끔 떠올리며, 아무렇게나 버려져 있던 꼭두의 모습에서 내 자신을 보았기 때문이라고 생각했습니다. 그날 이후, 저는 꼭두를 살리는 것을 나를 살리는 일이라 여기며 꼭두에 열정을 쏟았습니다. 그러자 놀랍게도 서서히 저의 삶이 바뀌기 시작했습니다. "나는 누구인가?"라는 물음이 이제는 "꼭두를 살리기 위해서 나는 어떤 일을 해야 하는가?"라는 물음으로 바뀌었습니다. 꼭두와 만난 것을 계기로 제가 무엇을 해야 하는지 알 수 있게 된 것입니다.

꼭두 극단을 창단하고, 계간지 〈꼭두극〉을 발간하게 되었습니다. 그리고 꼭두와 꼭두극에 대한 열정은 저를 '한국적인 연극'을 만드는 운동으로 뛰어들게 했습니다. 꼭두를 현재에 되살리려는 작업이 연극의 영역으로 확대된 것입니다. 우리의 전통극을 재해석해 오늘의 맥락에서 살아있게 하고 싶었습니다. 그러자 공연을 올릴 장소가 필요해졌고, 모든 힘을 쏟아 부어 새로운 공연장을 마련했습니다. 민간 최초의 복합문화 공간인 동숭아트센터는 '전통의 현재적 재창조'라는 표어를 내걸고 그렇게 세워졌습니다. 이후에도 저의 활동은 예술영화관 개관 및 문화재단 설립 등으로 계속해서 확장되었고, 마침내 2010년 동숭아트센터 2층에 꼭두 박물관을 열게 되었습니다.

저에게 "왜 일을 하는가?"라고 묻는다면 저는 "꼭두를 살리기 위해서 일하기 시작했고, 지금도 그렇다"라고 대답할 것입니다. 그리고 "왜 꼭두를 살리려고 하는가?"라고 묻는다면 "나를 살리는 일이기 때문이다"라고, 또한 '나'를 살리는 일이 결국은 '우리'를 살리는 일이라고 대답할 것입니다. 이런 생각을 바탕으로 '문화 활동은 사람을 살리는 일'이라는 저의 신념이 만들어졌습니다. 이는 꼭두가 제게 가르쳐준 것입니다. 그동안 저는 스스로 답을 구하기 위해 무수히 부딪히고 깨지며 많은 시행착오를 거쳐 왔지만, 이 가르침만은 그대로 지키며 살려고 노력하고 있습니다.

꼭두 박물관을 개관하기 전까지 제가 꼭두를 널리 알리기 위해 한 일-꼭두에 관한 전문서 발행, 학술대회 개최, 국내 및 해외전시-은 모두 전문가나 어른을 위한 것이었습니다. 그러나 꼭두 박물관을 열면서 어린이와 청소년에게 꼭두를 알리고 싶다는 마음이 커졌고, 그동안 아이들을 위해서는 별로 신경을 쓰지 못했다는 생각이 들었습니다. 그러던 중에 문득 1980년대에 '꼭두극단 낭랑'을 만들어 활동하던 때가 떠올랐습니다. 첫 공연 작품인 〈선녀와 나무꾼〉을 제가 썼었다는 것도 떠올렸습니다. 그래서 용기를 내어 예전처럼 공연 대본을 만들어 보기로 했습니다.

한 번 쓰게 되자, 저도 모르게 슬슬 재미가 생겼습니다. '전통의 현재적 재창조'라는 표어를 글쓰기에 구현해보고 싶었습니다. 그래서 옛날 문헌에 나오는 재미있고 신기한 이야기를 바탕으로 이를 꼭두와 연결시키는 글을 썼습니다. 여섯 개의 글들은 내용과 소재는 다르지만, 관통하고 있는 주제는 같습니다. 꼭두 박물관 계간지인 〈꼭지〉

에 잘 나타나 있으므로 여기에 잠깐 인용하고 싶습니다.

"우리는 시간 속으로 와서 얼마를 머물다가 떠나가는 존재이다. 우리가 시간을 오고가는 존재라면 우리는 어떻게 온 것일까? 그리고 어떻게 갈 것인가? 시간의 흐름 속에서 우리를 태워 오고 또 태워 갈 비행접시를 꿈꾸게 된다. 상여는 이 세상의 시간을 떠나 아득한 저 세상으로 가는 운반체다. 상두꾼의 어깨에 실려 리듬을 타고 움직여 간다. 마치 서서히 비행장을 주행하며 이륙 준비를 하는 비행기와 같다. 그냥 비행기가 아니라 유선형의 비행접시다. 이륙하면 땅 위든 땅 밑이든 어디로든 간다. 선입견을 버리고 가만히 살펴보라. 상여는 정말 비행접시처럼 생겼다."(《꼭지》 2010년 겨울호, 통권 3호)

우리에게 머무르지 않고 떠날 운명이 정해져 있어 우리를 '우주의 나그네'라고 부른다면, 그 나그네를 태워주고 이동시키는 것은 도대체 무엇일까요? 저는 이런 질문을 던지고 꿈을 꾸었습니다. 꿈에서 상여는 우주선, 꼭두는 우주여행자였습니다. 그래서 '꿈과 같은' 이야기 혹은 '꿈속' 이야기를 쓸 수 있었습니다. 이 책을 쓰는 동안 저는 꿈을 꾸는 듯해 행복했습니다.

저는 꼭두를 통하여 제가 펼칠 수 있었던 꿈과 희망, 그리고 행복을 나누기 위해 이 이야기를 썼습니다. 이 책을 읽는 여러분이 상상의 나래를 활짝 펼치고 꼭두와 함께 여행하며 꿈을 꾸길 바랍니다. 그런다면 우리의 삶이 보다 열정적이고 풍요로워지는 데 한 걸음 가깝게 다가갈 수 있다고 생각합니다. 고맙습니다.

김옥랑(동숭아트센터, 꼭두 박물관 관장)

'꼭두' 또는 '빛나는 흰색'을 위한 헌사

　복합문화공간인 '동숭아트센터' 대표, 꼭두만을 전문적으로 모은 사립 박물관인 '꼭두 박물관' 관장, 연극인을 포함해 문화 예술인들의 든든한 버팀목인 옥랑문화재단 이사장. 이는 모두 한 사람이 가지고 있는 직함이다. 바로 동숭아트센터의 김옥랑 대표이다. 그는 우리나라에서 가장 바쁜 문화계 인사 중의 한 사람이다. 그 바쁜 일상 중에서 어린이와 청소년을 위한 책까지 출간한다고 한다. 놀랍다고 할 수밖에 없다. 적지 않은 양의 원고를 읽어보고는 또 놀랐다. 김 대표 평생의 과업이기도 한 '꼭두'를 소재로 한 이야기인데 그 넘쳐나는 상상력도 놀랍거니와 이야기를 끌고 가는 솜씨, 이야기의 앞과 뒤를 마무리하는 솜씨 또한 예사롭지가 않다. 김옥랑 대표는 참 사람을 많이 놀라게 하는 재주를 지녔다.

　꼭두에 관한 김 대표의 열정은 이제 국내의 알 만한 사람은 다 알고 있다. 작년 런던 올림픽 직후에는 대통령이 직접 꼭두를 언급하였으며 올 가을에는 유럽 순회 전시도 예정되어 있으니, 이제는 나름대로 성공을 거뒀다고 해도 될 것이다. 그러나 꼭두에 관한 김옥랑 대표의 열정은 말 그대로 끝이 없다. 여전히 배가 고픈 모양이라고 표현하면 실례의 말이 될까? 요즘도 사람을 만나면 꼭두 이야기를 한다. 대단한 열정이다.

사람마다 그 사람만이 가지고 있는 고유의 색이 있는데, 김옥랑 대표는 '빛'이 나는 '색'의 사람이다. 그 색은 흰색이다. 흰색은 사전적으로 '순수, 순결, 평화, 신성함, 영적인 성장'을 상징한다. 언젠가 전화로 좋아하는 색을 물어보니 흰색이라고 했다.

　흰색은 빛의 색이기도 하다. 빛을 프리즘에 통과시켜보면 '빨주노초파남보'의 일곱 가지 무지개 색이 된다. 흰색은 그런 색이다. 담백하게만 보이지만 실은 화려한 무지개 색을 가슴에 품고 있는 색, 모든 것을 다 포용하고 있는 색인 것이다. 그러고 보니 김옥랑 대표 주변에는 참으로 다양한 색깔의 사람들이 모여 있다. 각계각층의 다양한 사람들이 김옥랑이라는 큰 그릇 안에서 자신의 색을 드러내면서도 다른 사람의 색과 더불어 지내고 있다. 아마 그런 이유로 김옥랑 대표를 보면서 '빛'을 느꼈고 흰색을 떠올린 모양이다.

　한 사람이 자신의 전 생애를 던질 수 있는 일을 할 기회를 갖기는 쉽지 않다. 참으로 많은 고통이 뒤따르는 일이다. 그러나 동시에 자신의 전 생애를 던질 일을 갖는 일 또한 누구에게나 허락된 일은 아닐 것이다. 그런 의미에서 꼭두를 모으고 꼭두를 알리기 위해 자신의 인생을 던진 김옥랑 대표의 삶은 고통스러울 수도, 행복한 것일 수도 있겠다. 부디 지금의 열정을 더해 꼭두를 더 많은 이에게 알리기를 기대한다.

　『꼭두는 왜 고래 입속으로 들어갔을까?』의 출간을 진심으로 축하한다. 김옥랑 대표 평생의 작업인 꼭두를 위한 헌사처럼 느껴지는 이 책이 많은 사람들에게 꼭두를 보다 쉽게 이해하고 친숙하게 만날 수 있는 계기가 되기를 바란다.

조남철(한국방송통신대학교 총장)

차례

조침문 이야기

◆ 배경
　조선 순조 29년 9월
　서울 옥인동 유씨 부인 자택

◆ 등장인물
　고만이 : 여자 몸종, 14살
　단단이 : 심부름하는 남자아이, 14살
　유씨 부인 : 50대 중반의 양반 댁 부인

집 마당, 오후, 고만이와 단단이가 만나서 이야기를 하고 있다.

단단이　너 어제 아침에 봤지?

고만이　응. 또 시작되는구나, 생각했지. 조반 먹은 걸 치우고 있는데 갑자기
　　　　　어두워지기 시작하는 거야. 그래서 부엌에서 나가보니까 하늘 색깔
　　　　　이 잿빛이 되고, 아침부터 무덥던 날씨도 으스스해져서 "아, 또네?"
　　　　　하고 생각했지. 작년 이맘때에도 똑같은 일이 있었잖아? 기억나니?

단단이　그럼. 하지만 작년에는 (서남쪽을 가리키며) 저쪽에서 시작해서 남쪽

으로 돌더니, 어제는 (서북쪽을 가리키며) 저쪽에서 시작해서 북쪽으로 돌더라.

고만이 응, 삼각산 쪽에서 이지러지기 시작해서 궁궐 쪽에서 다시 둥그레졌잖아. 작년보다 훨씬 오래 먹은 것 같아. 작년에는 "어, 어, 어!" 하다가 보니 금방 끝났어.

단단이 그땐 까마귀가 벌레를 금방 잡아먹었는데, 어제는 그러지 못했나봐. 벌레도 약아서 한 번 당하고는 또 당하려 하지 않을 거야.

고만이 해를 먹는 벌레니까 어련하려구.

단단이 그 까마귀는 다리가 두 개가 아니라, 세 개라는데도 벌레를 잡는 데 왜 그렇게 시간이 걸리는 거냐?

고만이 그래도 5년 전보다는 빨리 잡은 거야. 그때 생각나? 더운 여름이었잖아? 그땐 어제보다 더 일찍 시작되었고, 훨씬 오래 걸렸어. 그리고 하늘이 완전히 어두워지고, 주위도 어제보다 더 서늘해져서 난 오들오들 떨었어. 그래서 "까마귀가 빨리 해 먹는 벌레를 잡아먹게 해 주세요" 하고 천지신명께 빌었지. 그땐 마님도 불안해하시면서 뜰을 이리저리 왕래하시더니 어제는 뭔가 골똘히 생각에 잠기신 채로 방 안에만 계셨어.

단단이 그래, 그땐 굉장했지. 새벽부터 난리가 났었잖아. 돈의문 방면에서 먹히기 시작해서, 동대문 쪽에서 해가 다시 나왔지. 하늘이 밝아오다가 다시 어두워져서 무슨 변고가 나는지 알았어. 어제는 그때에 비하면, 아무 것도 아니지 뭐…….

고만이 (고개를 끄덕거리며 동의하는 몸짓을 한다) 그때 너는 집에 없었지? 어

디에 갔었지?

단단이 내 기억으로는 마님 심부름으로 충청도 예산에 갔다가 그 전날 밤
에 올라왔어. 마님께서 수고했다고 행하(行下, 조선시대 주인이 하인에
게 주던 돈이나 물건)를 내리셔서 그걸 가지고 피마골에 갔다가, 거
기서 부침개집 아줌마 일 도와드리느라고 늦었을 거야.

고만이 마님이 너에게 항상 문단속 단단히 하라고 말씀하시지만, 정작 문

단속해야 할 땐 네가 항상 없더라.

단단이 그게 무슨 말이지? 그때 무슨 일이 있었냐?

고만이 몰라! 어서 마님이 시키신 일이나 하러 가.

안방. 유씨 부인과 고만이가 앉아 있다. 고만이가 소리 죽여 유씨 부인에게 고한다.

고만이 마님, 그분들이 뭔가 새로운 기별을 가지고 왔나요? 어제는 전과 달리 큰 호리병과 같은 형체가 마당에 내려앉을 듯했어요. 위는 뾰족하고 아래는 넓적한 모양이었는데, 아래로 떨어질 때 그 형상이 점차 커져서 전 가슴이 두근두근했답니다. 색은 아주 붉었고, 지나간 곳에는 연이어 흰 기운이 생겼다가 한참 만에 사라졌습지요. 사라지면서 천둥소리가 났는데, 마님도 그 소리를 들으셨지요?

유씨 부인 너한테는 천지(天地)가 진동하는 소리로 들렸을지 모르지만, 이 집 밖에서는 들리지 않을 것이라고 하더구나. 그러니 다른 사람들은 듣지 못했을 것이다. 5년 전에는 세숫대야 같은 것이 오더니 이제는 호리병 모양이구나.

고만이 작년에는 햇무리와 같은 형체가 와서 연기처럼 움직이다가 두 곳에서 조금씩 나왔습지요. 그때도 가면서 우레 소리가 마치 북소리처럼 났는데, 다른 사람은 듣지를 못했다고 해서 괴이하게 생각했습니다. 전 벌써 몇 번 보았지만 아직도 볼 때마다 정신이 아득해지고, 무서운 마음을 어쩔 수 없습니다.

유씨 부인 그건 나도 그렇지. 하지만 차츰 나아지는 것 같다. 처음에는 내가 기겁을 해서 거의 혼절할 뻔한 것을 너도 잘 알지 않느냐. 네가 나를 부축해주지 않았다면 아마 방바닥에 고꾸라졌을 것이 틀림없다. 하지만 그때 친정 오라버니가 해준 말이 퍼뜩 머리를 스쳐 지나가더구나. 그 이야기는 내가 벌써 해주지 않았느냐?

고만이 귀신 이야기 말씀이지요?

유씨 부인 응. 새로 부임한 사또에게 자꾸 귀신이 나타나서 부임 첫날 밤에 사또가 혼절해 죽는 일이 계속되자, 아무도 그 마을 사또로 오려고 하지 않았다는 거지. 그런데 어느 떠꺼머리총각이 자기가 해결해보겠다고 나섰다는 것 아니냐? 총각이 사또 복장을 하고 관아에서 밤을 새우고 있는데, 정말로 머리를 풀어헤친 귀신이 나타났다는 것인데…….

고만이 자기는 사또에게 뭔가 하소연 할 것이 있어 그걸 부탁하려는 것일 뿐인데, 신임 사또들이 지레 겁을 먹고 기절해 죽는 바람에 말도 못 꺼냈다고 귀신이 이야기하는 거죠.

유씨 부인 그렇지. 귀신이 나타난 건 자신의 말을 들어 달라고 부탁하기 위한 건데, 말도 못 꺼낼 상황이니 얼마나 갑갑했겠느냐. 그들이 왔을 때 바로 그 생각이 나더구나. 그래서 놀란 마음을 수습하고 그들을 맞이하게 된 거지.

고만이 작년에는 그들이 우리에게 부탁을 한 게 있잖아요. 왜 안 가지러 오나 생각했는데, 이번에 그걸 가지러 온 건가요?

유씨 부인 그렇기도 하고, 좀 더 복잡한 부탁을 했단다. 그건 내가 차차 말해주마.

고만이 단단이가 작년에 가져온 물건이 마님 방에 있는 거 잊지 않으셨죠?

유씨 부인 내가 그걸 잊을 리가 있겠느냐. 어제 그들이 내 방에 와서 그걸 보여 달라고 했단다. 보여주었더니 그걸 가지고 호리병처럼 생긴 자기네들 가마에 타서는 한참 있다가 오더구나. 그러더니 바늘 이야기를 하는 것 아니겠느냐.

고만이 바늘이라니요?

유씨 부인 차차 이야기한다고 하지 않았느냐. 우선 지필묵(紙筆墨, 종이·먹· 붓)을 준비하거라. 조문(弔文, 죽은 이의 생전의 공덕을 기리는 글)을 써야겠다.

고만이 조문이라니요? 누가 돌아가셨나요?

유씨 부인 그렇단다.

고만이 그런 소식을 못 들었는데요?

유씨 부인 세요각시가 별세를 했으니, 조문을 쓰는 것이 사람의 도리가 아 니더냐? 잔말 말고 어서 지필묵이나 준비해 놓거라.

고만이 (고개를 갸웃거리며) 네, 대령하겠습니다.

유씨 부인 (한숨을 내쉬며 혼잣말로 중얼거린다) 청상과부가 되어 침선(바느질) 에 마음을 붙이기 시작하면서 어언 27년이나 같이 동고동락 했 건만 이렇게 될 줄이야……. 하지만 할 수 없지…….

잠시 후, 고만이가 지필묵을 가져와 마루에 펼쳐 놓는다. 벼루에 먹을 갈기 시작하고, 화선지 를 고정하기 위해 구름 모양이 새겨진 나무 문진을 위아래에 갖다 놓는다.

유씨 부인 (벼루에 먹물이 충분하게 고이자 고만이에게 말한다) 수고했다. 그럼 나가 있거라. 내가 부를 때까지 이 방에는 들어오지 말거라.

고만이 (고개를 숙이며 방을 나간다)

유씨 부인, 붓을 들어 먹물에 살짝 담근 다음 쓸 내용을 미리 생각해둔 듯 빠르게 적어 나간다. 글씨를 쓰면서 낭낭히 읊조려서 그 내용을 들을 수 있다.

유씨 부인 유세차(維歲次) 기축년 구월 이틀 날에, 미망인 유씨는 두어 자 글로써 침자(針者)에게 고하노니, 인간 부녀(人間婦女)의 손 가운데 종요로운 것이 바늘이로대, 세상 사람이 귀히 아니 여기는 것은 도처에 흔한 바이로다. 이 바늘은 한낱 작은 물건이나, 이렇듯이 슬퍼함은 나의 정회(情懷)가 남과 다름이라. 오호 통재라, 아깝고 불쌍하다. 너를 얻어 손 가운데 지닌 지 우금(于今) 27년이라. 어이 인정(人情)이 그렇지 아니하리요. 슬프다. 눈물을 잠깐 거두고 심신을 겨우 진정하여, 너의 행장(行狀)과 나의 회포를 총총히 적어 영결(永訣)하노라.

유씨 부인은 다음 부분을 보다 큰 목소리로 세 번, 네 번 반복해 말한다. 높낮이와 장단이 역력하여, 마치 주문과도 같이 느껴진다.

유씨 부인 유세차- 기축년 구월 이틀 날에-, 미망인 유씨는- 두어 자- 글로써 침자에게- 고하노니-.

그리고 다음의 구절 역시 몇 차례 길이와 높낮이를 달리하며 조율하는 것처럼 소리를 낸다. 어떤 쪽의 울림이 더 있는가를 고심하면서 연습을 하는 듯 보인다.

유씨 부인 아깝다 바늘이여, 어여쁘다 바늘이여, 너는 미묘한 품질과 특별한 재치를 가졌으니, 물중의 명물이요, 철중(鐵中)의 쟁쟁(錚錚)이라. 민첩하고 날래기는 백대(百代, 백 년에 한 번 나올)의 협객이요, 굳세고 곧기는 만고의 충절이라.

다음 부분을 마치 주문처럼 들리도록 몇 차례 반복해 말한다. "아깝다 바늘이여, 어여쁘다 바늘이여."

유씨 부인 밥 먹을 적 만져보고 잠잘 적 만져보아, 널로 더불어 벗이 되어, 여름 낮에 주렴(珠簾, 구슬)이며, 겨울밤에 등잔을 상대하여, 누비며, 호며, 감치며, 박으며, 공그릴 때에, 겹실을 꿰었으니 봉미(鳳尾, 봉황의 꼬리)를 두르는 듯, 땀땀이 떠갈 적에, 수미(首尾, 사물의 머리와 꼬리나 일의 시작과 끝을 가리킴)가 상응하고, 솔솔이 붙여 내매 조화가 무궁하다. 이생에 백 년 동거하렸더니, 오호 애재라, 바늘이여.

다음 부분을 마치 주문처럼 들리도록 몇 차례 반복해 말한다. "누비며, 호며, 감치며, 박으며, 공그릴 때에."

유씨 부인 네 비록 물건이나 무심치 아니하면, 후세에 다시 만나 평생 동거 지정을 다시 이어, 백년고락과 일시생사를 한 가지로 하기를 바라노라. 오호 애재라, 바늘이여.

다음 부분을 마치 주문처럼 들리도록 몇 차례 반복해 말한다. "오호 애재라, 바늘이여." 그리고 유씨 부인은 다음의 말로 조문을 마무리한다.

유씨 부인   상향(尚饗).

이 역시 박자, 길고 짧음, 높고 낮음의 여러 가지 조합으로 어느 것이 가장 울림이 있을까를 유씨 부인은 노심초사하는 모습이다. 그 가운데 가장 마음에 드는 것을 하나 골라서 몇 번 소리를 내어 연습한다. 그리고 "유세차"에서 시작하여 "상향"으로 끝나는 대목을 다시 소리 높여 몇 차례 연습한다. 장면이 바뀌어 집 마당에서 단단이와 고만이가 만나 이야기한다.

고만이   너 오늘 조심해야 돼.

단단이   뭐를?

고만이   마님께서 심기가 편치 않으셔.

단단이   왜? 무슨 일이 있어?

고만이   응.

단단이   무슨 일?

고만이   마님께서 아끼던 바늘을 부러뜨리셨어. 그래서 아주 상심하고 계셔. 그러니 너 까불고 시끄럽게 굴었다가는 경칠 줄 알아.

단단이   내가 뭘 까불었다구 그래? 그런데 어쩌다가 그렇게 애지중지하던 걸 부러뜨리신 거야?

고만이   심 대감님 관복에 깃을 달다가 그러셨대. 근데, 침선에 밝으신 마님께서 왜 깃을 달면서 그렇게 무리를 하셨는지 모르겠어.

단단이 무리를 하셨다구?

고만이 응. 보통 깃을 달 때는 안쪽에서 공그르기나 세발뜨기를 해야 하는데……

단단이 그게 뭐야? 바느질?

고만이 응, 단을 곱게 처리하려면 실땀이 안 보이게 해야 하니까 그렇게 해. 그런데 마님께서는 실땀이 훤히 보이는 접어박기를 하셨단 말이지. 그러다가 바늘이 부러진 거고. 왜 그러셨는지 모르겠어. 그건 두꺼운 직물의 단을 아주 튼튼하게 꿰맬 때 하는 방식이거든. 그건 겉에 표가 나도 될 때 하는 바느질이야.

단단이 깃은 겉에 바느질 표시가 나면 안 되는 거 아니야?

고만이 너도 그건 아네?

단단이 그럼 그건 이상하다. 평생 침선을 해오신 우리 마님이고, 바느질 솜씨는 서울 장안에 소문이 자자하신 분인데……

고만이 누구나 실수를 할 수는 있지만, 이번 일은 조금 이상해. 일부러 그러신 것 같기도 하고……

단단이 뭐라고? 일부러 그러셨다구?

고만이 아니, 그런 생각이 든다는 거지. 바늘이 부러지기도 전에 조문부터 쓰신 것 같기도 하고……

단단이 조문?

고만이 조침문(弔針文). 부러진 바늘에 바치는 조문 말이야. 마님이 세요각시가 별세했다고 하실 때, 나는 무슨 뜻인지 잘 몰랐어. 좀 전에 나에게 바늘이 부러졌다고 하실 때에야 '아, 그 말이 그런 뜻이었구나' 하고 비로소 깨달았지. 그 말을 하실 때에도 표정은 담담했어.

단단이 너 오늘 이상한 이야기만 하는구나? 난 네가 하는 말 도통 알아듣지 못하겠다.

고만이 그것도 무리가 아니지. 단단히 문단속을 해야 할 아이가 그럴 때마다 집에 없으니 뭘 알 턱이 있겠냐?

단단이 또 문단속 이야기냐? 도대체 너 무슨 이야기를 하는 거야?

고만이 너 없을 때마다 이상한 일이 생긴단 말이야.

단단이 언제? 무슨 일?

고만이 해가 먹힐 때……. 어둑해지기 시작하면…….

단단이 어제도?

고만이 그래, 그리고 작년 똑같은 때에도, 그리고 5년 전에도…….

단단이 세 번 씩이나?

고만이 처음에는 무서웠는데, 이제는 아무렇지도 않아. 마님도 그러시고…….

단단이 누구야? 오는 게 누구냐고?

고만이 못 본 사람에게는 설명할 수가 없어. 도깨비 같다고 그래야 하나, 아니면 커다란 반딧불이 같다고 그래야 하나? 그리고 타고 오는 가마도 이제까지 전부 달랐어.

단단이 뭐, 도깨비, 반딧불이, 그리고 또 가마는 뭐야? 난 네가 하는 말 하나도 못 알아듣겠다.

고만이 글쎄 못 본 애한테는 암만 이야기해도 헛일이라니까?

단단이 왜 여기에 오는데?

고만이) 그건 나도 몰라. 마님이 차차 이야기해주신댔어.

단단이) 나한테도 말해주실까?

고만이) 필요하면 그러시겠지. 마님처럼 지혜롭고 속이 깊으신 분이 함부로 이야기하시겠냐?

단단이) 흠……. 뭔가 신기한 일이 벌어지고 있다는 거지?

고만이) 신기한 일이 어떻게 벌어지고 있는지 알고 싶어? 그러면 집에 잘 붙어 있어. 어디 싸돌아다니지 말고 내 옆에 붙어 있어. 알겠어?

장면 바뀌어, 유씨 부인의 방문 앞에 단단이가 서 있다.

단단이) 마님, 불러 계시옵니까?

유씨 부인) (방에서 나오며 말한다) 오냐, 단단이 왔느냐?

단단이) 예, 여기 대령하고 있습니다.

유씨 부인) 너 작년에 충청도 예산에 다녀왔던 거 잊지 않았느냐?

단단이) 예, 마님 분부 받자와 정확하게 작년 요맘때 다녀왔습죠. 벌써 잊을 까닭이 없습니다.

유씨 부인) 음, 잘되었다. 다시 한 번 거기에 다녀와야겠다. 내가 서찰을 줄 터이니, 그걸 친정집 외삼촌께 보여드려라. 그럼 그분께서 네게 조치를 해주실 것이다.

단단이) 전에처럼 말씀이시지요? 곳집(상여와 그에 딸린 도구들을 넣어 두는 초막)에 있는 그것…….

유씨 부인) 그래 맞다. 네가 다시 한 번 수고해주어야겠다.

단단이 하지만 전에 갔을 때 성한 건 다 가지고 왔는데요. 그만 곳집 지붕 기와가 깨져서 그 안으로 비가 들이치는 바람에 그중 많은 것이 썩어서 그만…….

유씨 부인 그 이야기는 전에도 들었다. 서찰에 다 썼으니 너는 그분이 하라는 대로만 하면 된다. 시량리에 없으면, 신리, 거기에도 없으면 둔리에 가면 반드시 있을 것이다.

단단이 예, 알겠습니다. 그럼 분부 받자와 다녀오겠습니다.

유씨 부인 여기 노잣돈 있다. 얼른 다녀오거라.

단단이, 마님께 인사하고 길 떠날 채비를 한다. 집 대문 근처에서 고만이를 만난다.

고만이 너 다시 예산 가는구나?

단단이 응, 마님이 다녀오래.

고만이 빨리 갔다가 와야 해. 마님이 서두르시는 모양이니까.

단단이 왜 그러시는데? 그 꼭두를 가지고 뭐 하시려구? 작년에 가져온 건 어디에 있구?

고만이 알 필요 없어. 비밀이야.

단단이 왜들 그래? 좀 같이 알면 안 되는 거야? 힘든 일은 나보러 하라구 그러고, 물어보면 비밀이라고만 그러구. 쳇, 도대체 뭐가 뭔지 모르겠다.

고만이 이번에 빨리 다녀오면 내가 다 말해줄게.

단단이 정말이야?

고만이   가서 할 일이나 어서 마치고 와.

단단이   (기분이 풀린 듯 장난스럽게 말한다) 알겠습니다. 축지법을 써서 얼른
　　　　다녀오겠습니다.

단단이가 떠나자 고만이는 마님 방 앞에 가서 들어가도 좋으냐고 아뢴다. 허락이 떨어지자 방
안으로 들어가 공손하게 앉는다.

고만이   단단이는 길을 떠났습니다. 아마 내일 모레면 돌아올 수 있을 것이
　　　　옵니다.

유씨 부인   알았다. 그럼 그동안 우리가 해야 할 일을 해야겠구나.

고만이   제가 할 일이라고 하옵시면……

유씨 부인   (목소리를 낮춰 말한다) 자, 이리 와서 이걸 보거라.

고만이가 무릎으로 기어서 유씨 부인 곁으로 다가 간다. 그리고 고개를 쭉 빼면서 유씨 부인
손에 있는 것을 보고 놀란다.

고만이   아니 이건 부러진 바늘이잖아요? 근데 어떻게 이렇게 한쪽만 붙어
　　　　있죠? 바늘이 부러졌는데 붙어 있는 것은 처음 봐요! 이렇게 가느
　　　　다란 바늘이 붙어 있을 수 있다니!

유씨 부인   그들이 부러진 것을 붙여 놓은 거야. 그냥 붙여 놓은 것이 아니
　　　　라, 양쪽에 홈을 파서 돌리면 다시 완전히 붙도록 만들었지. 위
　　　　쪽 바늘을 살짝 올려서 오른쪽으로 돌리면 서로 맞물리게 되어

있어. 그러면 누구라도 이것이 부러졌던 바늘이라고 생각할 수
없을 것이야.

고만이　　참으로 신묘한 재주를 가졌군요, 그분들.

유씨 부인　　그것뿐만이 아니란다. 이것을 보거라. 잠겨 있는 상태에서 왼쪽
으로 돌리면 이렇게 되지.

유씨 부인이 바늘을 왼쪽으로 돌리자 바늘이 점점 커져서 방 한가운데 자리를 잡는다. 사람
의 키도 넘는 크기다. 바늘 속에는 넓은 공간이 있다. 마치 캡슐 같은 모양이다. 이를 본 고만이
얼굴에 놀라움이 가득하다.

고만이　　아이구머니나! 아니, 이럴 수가! 아니, 이런 일이 일어날 수 있다니!

고만이가 놀라서 입을 다물지 못한다. 유씨 부인 그 모습을 보고 슬며시 웃는다.

유씨 부인　　처음에는 나도 무척 놀랐단다. 귀신이 곡할 일이지. 하지만 눈으
로 보니 안 믿을 수 없지 않느냐?

고만이　　저는 아직도 꿈인가 생신가 하옵니다.

유씨 부인　　그럴 땐 자기 몸을 꼬집어본다고 하지 않느냐? 한번 그래보려무나.

고만이　　그래도 별로 소용이 없을 것 같습니다요. 꿈속에서 제 얼굴을 꼬집
어본 적이 있었거든요. 꿈속에서도 아픈 것은 아프더라구요.

유씨 부인　　그래. 꿈속에서 너무나 생생한 경험을 해서, 깨어나고 난 다음의
세상이 오히려 꿈 같을 때가 있지……. 어느 쪽이 진짜일까 생각

할 만큼…….

고만이   (커진 바늘 속 공간을 가리키며 고만이 감탄한다) 이 바늘 속에 제가 타
도 될 만큼 넓은 자리가 있어요!

유씨 부인   그래, 거기에 우리가 이제 꼭두를 잘 배치해야 한단다. 그들이
일러준 대로 해야 돼. 한 치도 어긋남이 없어야 한다고 그랬거든.
자, 여기 내가 그들이 한 말을 받아 적은 것이 있단다. 이대로 해
야 해.

고만이   두 겹으로 해야 하네요?

유씨 부인   응. 바깥쪽과 안쪽 두 겹이란다. 바깥쪽엔 용 꼭두 넷, 봉황 꼭
두 넷이 들어가야 하고, 안쪽에는 사람 꼭두 열다섯 개가 들어
가야 해. 여기 위쪽 바늘이 붙어 있는 반대편을 출입하는 곳으
로 생각해서 배치해야 한단다.

고만이   마님 장롱 안에 있는 건 그렇게 많지 않은데요?

유씨 부인   그래서 내가 단단이를 다시 예산으로 보냈잖느냐? 외삼촌에게
기별하여 모자라는 부분을 마련해 달라고 그랬다. 내가 다시 확
인해보니, 우리에게 있는 것이 봉황 꼭두 넷, 청룡과 황룡 꼭두
각각 하나씩, 그리고 사람 꼭두가 여섯이더구나.

고만이   그럼 봉황 꼭두는 됐고, 청룡과 황룡 꼭두가 한 쌍 더 있어야 하고,
사람 꼭두는 아홉 개 더 필요하군요.

유씨 부인   그렇단다. 모자라지 않게 넉넉하게 마련해 달라고 외삼촌께 부탁
드렸는데 단단이가 어떻게 가져오는지 모르겠구나.

고만이   그럼 지금 있는 것만이라도 미리 자리를 잡아 놔야 하지 않을까요?

유씨 부인   그러자꾸나. 너는 장롱에서 꼭두를 꺼내 오너라. 아주 조심해서, 소중하게 다루어야 한다.

고만이가 꼭두를 꺼내 오자, 유씨 부인은 방 한복판에 자리 잡고 있는 바늘 '캡슐' 속에 꼭두를 배치하기 시작한다.

유씨 부인   바깥쪽부터. 나들문을 중심으로 하고 네 귀퉁이를 잡아서 봉황 꼭두를 세우고……. 고만아, 봉황 꼭두를 세우기 위해서는 뭔가 고일 것이 있어야겠다. 어서 가서 봉황 꼭두를 고정시킬 수 있는 것을 가져오렴.

고만이와 유씨 부인은 바늘 캡슐 속에 꼭두를 배치하느라 분주하다. 바깥쪽의 출입문을 마주보는 곳에는 한 쌍의 청룡과 황룡 꼭두가 자리 잡았고, 그 양옆에는 봉황 꼭두 두 마리, 그리고 출입문 양옆에도 봉황 꼭두 두 마리가 자리 잡았다. 그리고 봉황과 봉황 사이의 공간은 비어 있다. 안쪽 둘레에는 출입문 쪽부터 칼을 든 전사 꼭두 둘이 좌우에 있고, 그 다음에는 신령한 동물을 타고 여행을 인도하는 꼭두 둘, 그리고 광대 꼭두 하나, 시중 꼭두 하나가 자리 잡고 있다. 중간에 비어 있는 곳은 단단이가 꼭두를 가져오면 메울 예정이다.

어느 정도 자리가 잡히자 숨을 돌린 고만이가 땀을 닦으며 유씨 부인에게 조심스럽게 여쭌다.

고만이   그런데 마님, 여쭤보고 싶은 게 있는데요. 마님께서 말씀하시기를 바느질을 하면 잡념이 없어진다고 하셨잖아요. 바늘에 찔리지 않기 위해 정신을 모으다보면 마음이 편안해지고, 바늘하고 한 몸이 되

30

는 것 같다고 말씀하셨어요. 잡념
이 있으면 바느질이 잘 될 리 없
고, 바늘도 부러뜨리기 쉽다고요.

유씨 부인　그랬지. 마음을 집중하고 침선
을 하면 몇 시간이 감쪽같이 흘러
가서 바느질이 시간 도둑처럼 느껴지기
도 한단다. 바느질은 단순히 옷을 만들기 위한 손놀림이 아니야.
정갈한 마음가짐이 중요한 것이지. 침선을 해서 나타나는 우아한
선은 그냥 나타나는 것이 아니라, 한 곳에 모인 마음이 손의 움직
임으로 나타나는 것이야. 심신수양이라고도 할 수 있지. 난 바느
질할 때면 늘 기도 드리는 기분이 된단다.

고만이　그렇다면 바늘이 부러졌을 때에는 마음이 무척 산란하셨나봐요.

유씨 부인　아, 우리 고만이가 뭘 궁금해 하는 줄 알겠다. 어쩌다 바늘을 부
러뜨리게 되었나 하는 거지?

고만이　(방그레 웃으며 고개를 끄덕인다.) 그리고 그렇게 애지중지하시던 걸 부
러뜨리시고도 별로 슬퍼하는 기색이 아니셔서 좀 당황했어요.

유씨 부인　그들이 내 바늘이 필요하다고 그러더라. 그리고 그 속에 작년에
내게 가져다 달라고 부탁한 꼭두를 넣어 달라는 게 아니겠니? 나
는 그들이 무슨 말을 하는지 도통 알 수 없었어. 바늘이 필요하
다면 다른 곳에서 구할 수도 있는 것이 아니겠니? 그래서 서울
장안에 바느질하는 이가 많은데 왜 나를 찾아왔는지 모르겠다고
했지. 그리고 내가 어리둥절한 표정을 지으며 가만히 있으니까 그

들이 찬찬히 이야기하더구나. 내가 몰두하여 바느질을 하고 있으면 이 집 주변에서 멀리 있는 자기네들과 연결되는 신묘한 실타래 같은 것이 나온다고 말이다. 내가 알 턱이 있느냐? 하지만 그들이 그렇게 말하였단다. 그래서 내 바늘이 아니면 안 된다는 것이 아니냐?

고만이 그래서 그들이 부러뜨렸나요?

유씨 부인 호리병 같은 자기네 가마에 가지고 가더니 토막을 내다시피 해서는 이렇게 젖힐 수 있게 만들어 놓았단다. 그리고 홈을 파서 왼쪽, 오른쪽으로 돌리고 닫을 수 있게 만들었지. 그러더니 두 가지 간청을 하더라.

고만이 부탁을요? 그게 뭔가요, 마님. (호기심이 발동한 듯 유씨 부인에게 바짝 붙는다)

유씨 부인 하나는 자기네들과 연락을 시작할 때 서로 소식이 오가는 줄을 맞춰야 하기 때문에 일정한 박자와 음률이 필요하다는 것이고, 다른 하나는 나중에 꼭두를 다 태운 다음에 바늘을 단단히 닫고, 마치 박음질하듯이 바느질을 해 달라는 것이야.

고만이 줄을 연결할 때 필요한 박자가 어떤 것이라고 말해주었나요?

유씨 부인 조문 읽을 때 처음과 끝에 나오는 음의 높낮이와 길이가 제일 좋다고 그러더구나. 그리고 중간에도 일정한 음이 지속되어야 하는데, 거기에서도 뭔가 실타래가 나와야 하기 때문에 진심 어린 마음이 필요하다더구나.

고만이 그래서 조문을 지으신 거군요!

유씨 부인 그런 셈이지. 그리고 마음을 가다듬어 27년 동안 함께한 바늘을 생각하면서 추모하는 글을 만들었지. 어쨌든 내 손에서 바늘이 떠나는 것은 불문가지의 사실이니까……. 나도 모르게 마음이 북받쳐 오르더구나. 그리고 거기에서 침선을 하다가 술시(戌時, 오후 7~9시)에 바늘이 부러졌다고 해 놓은 거지.

고만이 그래서 제가 여쭤봤을 때 접어박기를 하시다가 바늘을 부러뜨렸다고 말씀하신 거군요.

유씨 부인 응, 그런 심정이었지. 어쨌든 글을 쓰고 있는 동안 진심어린 마음을 유지하고 있어야 했으니까.

고만이 그런데 마님은 왜 그들 말을 다 들어주세요? 싫다고 그러실 수도 있으실 텐데요. 그들이 마님에게 뭔가 해주는 것도 없잖아요. 5년 전에도 그렇고, 작년에도 그래요. 부탁만 하고 마님께 베풀어주는 것은 없잖아요?

유씨 부인 네가 요즘 장에 자주 다니더니 장사치처럼 말하는구나. 길손에게는 아무것도 받지 않고 재워주고 밥 대접하는 게 우리 풍속이 아니더냐? 장에서처럼 곧바로 주고받는 건 정을 붙일 수 없는 거란다. 길손을 대접하면 그 사람이 집에 가서 다른 길손을 대접해주고, 그렇게 정이 돌고 도는 것이지.

고만이 그게 돌고 돌아서 언제 우리에게 올 수 있나요?

유씨 부인 네가 요새 야무져진 거냐, 아니면 강퍅해진 거냐? 그렇다면 너는 부모의 은혜를 곧바로 갚을 수 있다고 생각하는 거냐? 그렇게 되면 그건 장에서 거래하는 것과 비슷해지는 것이다. 하지만 인간의 이치가 결코 그런 식으로 되지는 않는단다. 다음에 네가 아이를 낳아 훌륭하게 키우면 그 아이가 또 훌륭한 아이를 키우겠지. 그것이 부모의 은혜를 갚는 길 아니겠느냐? 길손 맞이할 때도 그런 마음으로 해야 한다.

고만이 예, 알겠사옵니다……. 그런데 왜 그런 부탁을 하느냐고 여쭤보시지는 않으셨나요?

유씨 부인 내가 옴니암니 캐묻는 거 싫어하는 줄 알지 않느냐. 내가 알아야 할 건 알려주겠지 하고 꼬치꼬치 물어보지는 않았단다. 하지만 내가 궁금해 하는 기색이 있으면 그들이 먼저 알아채고 말해주더구나.

고만이 꼭두는 왜 필요하다고 그러던가요?

유씨 부인 꼭두는 두 가지 일을 한다고 그러더라. 하나는 우리 세상과 자기네 세상을 이어줄 수 있다는 것이고, 다른 하나는 지금 세상과 지금이 아닌 세상을 연결시켜줄 수 있다는 것이지.

고만이 아니, 곳집에 놔두고 우리가 버려두다시피 하는 꼭두가 그런 엄청난 일을 할 수 있다는 말인가요?

유씨 부인 난 그들이 말해준 것을 이렇게 받아들였다. 바느질이라는 건 옷감 두 개를 서로 이어 붙이는 것 아니냐? 그걸 어떻게 붙이냐 하는 방식이 수없이 많지만, 근본은 그 한 가지라고 볼 수 있지. 서로 이어서 올이 풀리지 않게 꿰매는 것. 그런데 서로 잇고 꿰맬 옷감은 한두 가지가 아니겠지? 내 것도 있고, 네 것도 있고, 또 이웃의 옷감도 있을 게 아니냐? 또 옛날에 만든 것도 있고, 바로 조금 전에 만든 것도 있겠지. 그걸 바느질로 서로 묶는 것이니, 우리들이 하는 일이나 그들이 말하는 꼭두의 일이나 별로 다를 것 없지 않으냐? 또 바느질을 하기 전에 앞으로 진행할 침선을 미리 그려보는 일이 지금과 장래를 연결시키는 작업이라고 할 만하니, 무리한 생각은 아니렷다?

고만이 마님 말씀을 듣고 보니, 그렇습니다요. 황송한 말씀이오나 제 좁은 소견에도 서로 모였다 헤어지고, 묶였다가 풀어지는 게 우리네 인생 같습니다요.

유씨 부인 (웃으며) 고만이가 이제 식견이 많이 트였구나.

고만이 (부끄러워하며) 마님을 따라서 말씀드린다는 게 그만 제 분수에 넘치는 이야기를 하였사옵니다.

유씨 부인 분수는 무슨……. 너도 이제 이팔청춘이 얼마 남지 않았으니 다 컸다. 그런 이야기를 할 만하다. 이제 우리는 단단이가 돌아오기까지 치성을 드려야겠다. 뒤란 장독대 위에 청수를 떠 놓고 아침 저녁마다 정성을 드려야겠다. 일이 어긋나지 않고 무사하게 치러질 수 있도록 말이다.

고만이 예, 그럼 청수 놓을 자리를 마련해 놓겠사옵니다.

어스름이 깔리자, 유씨 부인, 뒤꼍 장독대 위에 청수 그릇을 놓고 비손이(두 손을 비비면서 신에게 축원을 하는 의식)를 한다. 저녁이 깊어 완전히 어두워지자 양쪽에 촛불을 놓고 치성을 계속한다. 유씨 부인 옆에 고만이도 나직하게 따라 비손이를 한다. 조용하게 치성 드리는 소리가 뒤란을 감돌아 집 마당에 퍼져 나간다. 따뜻하고 평화로운 분위기가 집을 감싸고, 담장을 넘어 온 서울로 퍼져 나가는 듯하다.

무대가 바뀌어 이틀 후, 어둑어둑해질 무렵, 단단이가 충청도에서 돌아와 유씨 부인에게 맡
은 일에 대해 고하고 있다.

단단이　빨리 다녀오려고 서둘렀습니다만 이제 왔습니다, 마님.

유씨 부인　노상에서 어려움은 없었느냐? 외숙부, 외숙모, 다른 분들 모두
　　　　　잘 계시더냐? 외숙부께서 주신 서찰 없느냐?

단단이, 걸머진 보퉁이에서 서찰을 꺼내서 두 손으로 유씨 부인에게 건넨다.

단단이　여기 있사옵니다.

유씨 부인이 서찰을 펼쳐 읽는다. 유씨 부인의 눈썹이 약간 올라가면서 단단이에게 묻는다.

유씨 부인   아니, 두 군데 마을에서 동시에 상(喪)이 났다더냐?

단단이   예, 공교롭게도 그리 되었습니다.

유씨 부인   그럼 여기 써진 대로 네가 가져온 것은 용 꼭두 한 쌍과 사람 꼭
　　　　　　두 일곱밖에 없는 것이냐?

단단이   예, 송구하지만 그러하옵니다.

유씨 부인   허, 이거 큰일이구나. 아니, 그 주변에 그렇게 꼭두를 구할 곳이
　　　　　　없더냐? 외숙부께서도 애는 많이 쓰셨을 것이다만……

단단이   이리저리 수소문 하셨지만, 두 동네에서 갑자기 동시에 상이 나는
　　　　　　바람에 어렵게 되었사옵니다.

이때, 마당을 지나가던 고만이가 오가는 이야기를 듣고는 참견을 한다.

고만이   마님, 이 근처에서 알아보면 안 되나요? 세검정 너머에 곳집이 있다
　　　　　　는 이야기를 들었는데요.

유씨 부인 내가 태어난 곳 근방에서 구해달라고 그들이 그랬단다. 이 일을 어쩐단 말이냐? 기약한 일자가 바로 코앞에 다가왔는데…….

고만이 기약할 날이 언제이옵니까?

유씨 부인 내일 모레다. 내일 모레 저녁 때 뒤꼍에서 상을 차려 놓고 떠나보내려고 했는데, 차질이 생기는구나.

단단이 무슨 말씀이신지 저는 도통 모르겠사옵니다.

고만이 (손을 가로로 흔들면서 단단이와 유씨 부인 사이에 들어오면서 말한다) 너는 저리 비켜 있어. 좀 있다가 내가 다 말해줄게. 마님, 그럼 다시 예산에 내려갈 겨를은 없는 거네요?

유씨 부인 나도 그래서 걱정이구나. 어떻게 하면 좋을지 모르겠다. 꼭두를 구하는 일이 이렇게 어려울 거라고 미처 생각하지 못한 게 내 불찰이구나.

단단이 그분들이 마님께 다른 이야기를 하지는 않았나요? 마님 고향에서 꼭두를 구해 오라는 것 말고요.

유씨 부인 자기들이 말한 대로 꼭두를 바늘 속 자리에 앉히고, 실로 손을 서로 연결해 달라고 그러더구나. 그래야 서로의 기운이 통해서 그 힘으로 움직일 수 있다고 말이다. 사람 체온처럼 따뜻해지면 그때 비로소 날아갈 수 있다고 그랬어. 그때가 언제인지는 "서로 이어져 있는 실을 보면 알 수 있습니다"라고만 말하더구나. 그 순간이 오면 일다경(뜨거운 차 한 잔 마실 정도의 시간) 정도 더 기다려서 바늘 뚜껑을 닫아 달라고 그랬다. 그럼 저절로 움직여서 하늘로 올라갈 거라고 그러더구나.

고만이   마님, 그러면 됐사옵니다. 그분들이 마님 고향의 꼭두를 요청한 것
       은 마님의 기운과 서로 통할 수 있기 때문에 그런 것이라고 사료되
       옵니다. 지금 우리에게 꼭두 둘이 모자라니, 마님 근방에서 마님 기
       운과 잘 통하고 꼭두와 닮은 것을 찾아 그것이 서로 기운을 통할
       수 있는지 알아보면 될 것이옵니다.

유씨 부인   오, 네 말에도 일리가 있구나. 우리에게 남은 방도가 별로 없으
       니 네 말대로 하는 것도 우리가 취할 수 있는 길이겠다. 하지만
       내 손때 묻은 물건이나 아끼는 것이야 많지만, 꼭두 닮은 것이
       무엇인지 그것을 떠올리기 어렵구나.

고만이   어느 것인지는 맞춰보면 될 것이옵니다. 지금은 일각을 다투어야 할
       때이오니, 어서 서두르셔야 하겠습니다.

두 사람의 이야기를 듣고만 있던 단단이도 고만이를 거들며 이야기한다.

단단이   고만이 말이 실속이 있는 것 같사옵니다. 저는 뭐가 뭔지 모르겠
       지만서두요…….

유씨 부인   그럼 그러자꾸나. 오늘은 벌써 어두워졌으니, 내일 하루 종일 찾
       아보도록 하자. 나도 곰곰이 생각해보마.

고만이, 단단이, 유씨 부인 각자 자기 거처로 돌아가며 장면이 바뀐다. 무대 한가운데 바늘
캡슐이 놓여있고, 나중에 단단이가 가져온 용 꼭두 한 쌍과 사람 꼭두 일곱 개도 정해진 자리
에 채워져 있다. 두 자리가 비어 있다. 하나는 안내 꼭두, 다른 하나는 시중 꼭두의 자리이다. 이

두 자리를 채우기 위해 세 사람이 방 안에서 하루 종일 애를 쓰고 있다.

  꼭두들 사이에는 이미 신비한 실이 두 겹으로 연결되어 있다. 세 사람이 하는 일은 그 두 자리에 꼭두를 대신할 만한 것을 앉히고, 서로 따뜻한 기운이 흐르는지 알아보는 것이다. 하지만 모두 실패로 돌아가 그 다음날 오후까지 땀을 뻘뻘 흘리면서 자리를 채우기 위해 골몰하고 있는 모습이다.

유씨 부인 오늘이 약조한 날인데 아직 빈 자리를 채우지 못했으니, 걱정이 태산이로구나.

고만이 조금 전에 마님께서 언젠가 '규중칠우(閨中七友, 옛날 여성이 바느질하는 데 필요한 일곱 가지 물건을 가리키는 말)'라고 말하신 것 가운데 세요각시(바늘)와 청홍각시(실)을 제외한 것을 다 자리에 앉혀보았어요. 척부인(자), 교두각시(가위), 인화부인(인두), 울낭자(다리미), 감토할미(골무), 모두 마님께서 수십 년 동안 동고동락하신 것이기 때문에 기대를 했지만 따뜻한 기운이 전해지지 않았어요. 소인 소견으로는 아무래도 오늘 안에 찾기가 어렵겠사옵니다…….

이때, 단단이가 뭔가 짚이는 것이 있다는 듯이 고개를 갸우뚱하며 생각에 잠긴다. 그러더니 유씨 부인에게 자기의 생각을 아뢴다.

단단이 그제는 제가 아무것도 몰라서 어리둥절하였습니다. 하지만 어제 고만이에게 자초지종을 듣고 대강 이해할 수 있었사옵니다. 지금 마님과 저희들이 찾는 바는 따뜻한 기운을 서로 주고받을 수 있는 물건이라 사료되옵니다. 그리고 오랫동안 마님 곁에 있어서 마님 마음의 흐름까지 같이 할 수 있는 것을 찾는 것이 아니온지요?

유씨 부인　무슨 이야기를 하려는 것이냐?

단단이　그러하시다면 소인만큼 적합한 자가 없다고 생각하옵니다. 부디 제가 적합한지 시험할 수 있게 하여주옵소서. 고만이가 제게 전해주길, 바늘 꼭지를 조금 왼쪽으로 더 돌리면 자리 폭이 좀 더 넓어질수 있다고 하였습니다. 소인이 꼭두들 사이에 앉아 과연 따뜻한 기운이 도는지 아닌지 알아볼 수 있게 허락하여 주시옵소서.

유씨 부인　네가 꼭두의 소임을 해보겠다는 것이냐? 그들이 그런 이야기를한 일이 없는데?

단단이　그들도 이런 경우를 예측하지는 못했기 때문일 것입니다. 하지만 결과가 같다면 관계가 없지 않겠습니까? 소인의 짧은 소견이옵니다만…….

고만이　마님, 한번 시험해봐도 나쁠 것은 없을 것 같사옵니다.

유씨 부인　흠, 그럼 한번 시도해보자꾸나. 네 말대로 실패한다고 하더라도더 나빠질 일은 없으니…….

단단이, 고만이, 유씨 부인이 바늘 캡슐 주위로 모인다. 바늘 꼭지를 왼쪽으로 좀 더 돌리자, 바늘 캡슐 속의 공간이 넓어지면서 꼭두 사이의 비어 있는 두 자리에 사람이 앉을 만한 폭이 생긴다. 유씨 부인의 눈치를 보며 우물대던 단단이, 부인이 눈짓으로 허락하자 냉큼 빈 자리 하나를 차지하고 앉아 양손에 실을 칭칭 두른다. 그리고 숨을 서너 번 쉴 만한 시간이 지나는 동안 세 사람은 숨을 죽이며 어떤 결과가 나올지 기다리고 있다. 그러는 중에 단단이가 놀란 듯 소리를 지른다.

단단이 마님, 이것 보세요! 소인 양쪽 손이 아주 편안하고 따뜻해지옵니다! 그리고 실 주위에 신령스러운 하얀 안개가 어리는 것을 보세요!

유씨 부인과 고만이는 이 괴이한 모습에 놀라움을 금치 못한다. 그러나 한편으로는 문제 해결의 실마리를 찾은 것이 아닌가 하여 기대감과 호기심이 어려 있는 표정이다.

유씨 부인 참으로 신묘한 일이로구나. 너, 단단이 정말 괜찮은 것이냐?

단단이 이렇게 따뜻하고 편안한 느낌은 처음인 것 같사옵니다. 머리는 아주 맑고 서늘해지고, 발은 아주 따사해져서 제가 누구인지, 그리고 어디로 갈 것인지 저절로 알게 되는 듯합니다. 아, 이럴 수가!

단단이의 모습은 그야말로 평화로워서 보는 사람마저 그 분위기에 사로잡힐 만큼 전염력이 강하다. 하지만 그 효력은 독한 냄새 같은 것이 아니라 은은한 향기 같아서 그동안의 걱정이 기우였다는 것을 그냥 알 수 있게 한다.

단단이 마님, 그리고 고만아. 저는 꼭두하고 잠시 원족을 갔다가 오겠습니다. 마님, 너무 걱정하지 마시옵소서. 심려할 필요가 없다는 것은 마님께서도 지금 금방 아셨을 것이옵니다.

유씨 부인 그래, 그런 기운이 말없이도 그냥 느껴지는구나. 참으로 신묘한 느낌이로구나. 걱정할 필요가 없다는 것이 몸으로 그대로 전달이 되고 있단다.

이때 고만이가 마님 무릎 밑에 고개를 파묻고 애원하기 시작한다.

고만이 마님, 저도 잠시 단단이와 같이 소풍 갔다 올 수 있게 허락하여주
시옵소서. 저렇게 즐거운 표정인데 단단이만 혼자 보내는 것이 얄
미워 죽겠습니다. 마님, 제가 이렇게 간청 드린 적이 없지 않사옵니
까? 제발 저도 갔다 올 수 있게 허락하여주시옵소서.

단단이 아니- 고만이 너, 나 혼자 가는 것이 그렇게 배가 아프냐?

유씨 부인 (짐짓 놀라는 척, 웃으면서 말한다) 아니, 이 아이들이 갑자기 왜 이
러는 게냐?

고만이 계속 울상을 하면서 떼를 쓰는 모양이 영락없는 철부지 어린애 같다. 유씨 부인, 난처
한 표정을 짓지만 이내 졌다는 몸짓을 하며 허락한다. 고만이 펄쩍 뛰며 매우 기뻐하고, 단단이
도 고만이와 함께 가 심심하지 않게 된 것을 즐거워한다.

단단이 (고만이를 보면서 말한다) 하지만 마님이 혼자 남으시게 되었으니 이
를 어쩌지?

유씨 부인 내 걱정은 하지 않아도 된다. 내가 호호 할미가 되려면 아직 시
간이 많이 남았다. 너희들이 좋다면 나도 기쁘다. 하지만 너희들
이 언제 다시 올 것인가 그것이 문제지.

단단이 제 머릿속에 저절로 도착 날짜가 떠오릅니다. 다음 일식 때까지는

돌아올 수 있을 거라고 지금 제 머릿속이 알려주옵니다. 마치 글자가 박히듯이 선명하게 나타납니다.

유씨 부인 다음 일식 때까지라고? 그럼 1년 후인가?

단단이 1년보다는 조금 더 길 것이옵니다.

유씨 부인 1년 이상 원족 가는 것은 힘든 일이 아닐까?

단단이 마님, 이 따뜻한 기운을 한번 느껴본 사람은 시간에 대해서 이전과 똑같이 느낄 수 없을 것이옵니다. 소인이 감히 이런 말을 드릴 수 있는 것은 그렇다는 것이 너무나 분명하게 제 몸을 통해 전달이 되기 때문이옵니다.

유씨 부인 알겠다. 내 몸과 마음도 편안해지니, 더 말해서 무엇할 것이냐. 어서 채비를 해야겠다. 고만아, 너도 바늘 속으로 들어가기 전에 나를 도와줘야겠다. 어서 뒤꼍에 상을 차리고 모든 준비를 하자꾸나.

뒤란 장독대 앞에 동그란 상이 차려지고, 그 위에 청수를 담은 그릇, 촛불이 켜진 촛대 두 개, 그리고 화선지에 쓰인 조침문이 놓인다. 상 옆에는 크기가 알맞게 조정된 바늘 캡슐이 있다. 단단이는 이제 캡슐에서 나와서 고만이를 돕고 있다. 유씨 부인은 아까부터 정신을 집중해서 치성을 드리고 있다. 유씨 부인이 고개를 돌려 고만이와 단단이를 바라보며 말한다.

유씨 부인 자, 이제 내가 조침문을 읽을 것이다. 그러면 호리병 타고 온 이들과 연락이 시작되는 것이다. 내가 "유세차"라고 길게 뽑아 시작한 다음, "나의 회포를 총총히 적어 영결하노라"라고 하여 한 단락을 읊으면 너희 둘은 바늘 안으로 들어가서 자리를 잡고, 서로 기운을 통할 수 있게 하거라. 내가 "상향"이라고 길게 뽑으면서 조침문을 마감한 다음에 바로 바늘 꼭지를 닫을 것이다. 그리고 너희들은 자리에서 벗어나지 말고 그대로 앉아 있어야 한다. 아마 빙글빙글 도는 것을 느낄 수 있을 것이다. 그러면 호리병에 탄 이의 세상에 갈 수 있기도 하고, 또 전생과 내생을 왕복할 수도 있을 것이다. 알겠느냐?

단단이와 고만이가 "네" 하고 공손하게 대답한다. 유씨 부인이 조침문을 낭독하자 곧 단단이와 고만이는 바늘 캡슐 속으로 들어간다. 특히 고만이는 기대로 가슴이 벅차는 듯 표정이 여간 즐겁지 않다. 양쪽 뺨이 빨갛게 달아 있다. 반면 단단이는 자신의 몸으로 전달되는 메시지를 심사숙고하며 음미하는 표정이다.

유씨 부인은 조침문을 다 읽자 바늘 꼭지를 닫고, 오른쪽으로 홈을 따라 바늘을 빙빙 돌린다. 그러자 바늘이 점점 작아지고 마침내 보통 바늘 크기가 된다.

유씨 부인은 골무를 오른손 집게손가락에 끼고 준비한 천에 바느질 하는 몸짓을 한다. 하지만 바늘귀에 실을 꿰지 않았기 때문에 진짜의 바느질은 아니다. 바늘을 놀리는 손동작만 같을 뿐이다.

유씨 부인의 바느질은 먼저 상침질(박아서 지은 겹옷이나 보료, 방석 따위의 가장자리를 실밥이 겉으로 드러나도록 꿰맴)이다. 처음에는 두 땀, 다음에는 세 땀, 그리고 마지막으로 네 땀씩 건너뛰며 손을 움직인다. 두 번째로 접어박이(바느질할 때, 천의 끝을 접고 그 위를 박는 일)다. 바늘이 안과 밖을 부지런히 오고 간다. 점점 나선형으로 회전하는 모양이다. 마지막에는 꼬아매잇기 매듭으로 마무리를 한다.

바느질을 다 마치고 유씨 부인은 비로소 송글송글 이마에 맺힌 땀을 닦는다. 그리고 큰 호흡

을 내쉰다. 평화롭고 잔잔한 분위기. 흔들리며 타오르는 촛불이 밤의 고요함과 안락함을 더욱 짙게 하고 있다.

　그 다음 날 아침, 유씨 부인의 집은 적막강산이다. 조용하지만 쓸쓸한 느낌은 없다. 안방에 좌선하듯이 앉아있는 유씨 부인의 표정도 아주 맑고 밝다. 해설의 목소리가 들려오며 천천히 막이 내려간다.

해설　고만이와 단단이가 언제 다시 유씨 부인에게 돌아왔는지 『조선왕조실록』에는 적혀 있지 않습니다. 순조 29년 일식 이후에 기록된 일식이 4년 후인 순조 33년(1833년) 6월 1일이니까, 앞서의 내용대로라면 단단이와 고만이는 4년 후에 돌아왔다고 봐야 할 것입니다. 단, 우리에게는 4년이지만 단단이와 고만이에게는 나흘 동안이었을 수도 있구요. 아니면 네 시간 정도였을 수도 있겠네요. 혹시 아직까지도 돌아오지 않고 계속 바늘 캡슐을 타고 돌아다니고 있는 것은 아닐까요? 바늘 캡슐 속에서 꼭두와 같이 여행하는 것은 뿌리칠 수 없이 매력적인 일이니까요. 유씨 부인이 혼자 남아 쓸쓸했을 것 같다고요? 그렇지 않은 것이 틀림없습니다. 왜냐하면 바늘 캡슐에서 따뜻한 기운을 느낀 이래 유씨 부인의 얼굴에서는 온화한 미소가 떠난 적이 없다고 하니까요. 그리고 조침문을 통해 호리병 탄 이들과 연락을 주고받은 이래, 그리고 바느질로 우주의 주름을 잡는 아주 효과적인 우주 여행법을 알게 된 다음부터 유씨 부인은 누구도 부럽지 않은 아주 행복하고 자족적인 삶을 누리게 되었다고 하네요. 우리도 그걸 배울 수 있지 않을까요? 그러려면 우선 꼭두와 친해져야 되니까, 꼭두 보

러 꼭두 박물관에 가보는 건 어떨까요? 좋다구요? 야! 그럼 꼭두 박
물관을 향해 출발!

경쾌한 음악이 들리며 막이 완전히 내려간다.

나는 꼭두야

안녕, 만나서 반가워. 첫 번째 이야기는 재미있게 읽었니? 이야기를 읽으며
'꼭두가 뭐지?' 하고 궁금해 한 친구들이 있을 거야. 우리는 원래 이
세상도 저 세상도 아닌 신비한 세계에 살고 있지만 오늘은 친구들과
이야기를 나누고 싶어서 인간 세상에 나들이를 나왔어.

우리 이름은 '꼭두'라고 해. 꼭두란 우리나라 사람들이 아주 오랜 옛날
부터 만들어온 나무 조각상을 뜻해. 사람 모양을 한 것은 물론 봉황이나 용,
동물 모양의 조각상까지 통틀어 꼭두라고 불리지.

꼭두라는 말은 순우리말로 '가장 처음', '가장 위' 혹은 '경계선에 있는 것'을
뜻해. 왜 나무 조각인 우리 이름이 꼭두가 되었을까? 그건 우
리가 이쪽과 저쪽 모두에 속하기도 하고, 또는 아무 쪽
에도 속하지 않기 때문에 붙여진 이름 같아.

요즘 널리 사용되는 '인형'이라는 말은 일본어에
서 나온 것이고, 인간의 모습만을 강조하고 있어

서 용, 봉황, 동물 모습까지 아우르는 우리를 가리키기에는 적당하지 않아.

사람들이 우리를 만든 이유는 무엇일까?

우리는 말이지, 조금 특별한 조각들이야. 아이들이 가지고 노는 장난감도, 집을 꾸미기 위한 장식품도 아니야. 사람들은 간절한 소망을 담아 우리를 만들었어. 우리는 사람들이 이 세상에서 다른 세상으로 갈 때 안내해주는 일을 해. 생명이 있는 것은 모두 어느 한 곳에 오래 머무르지 않고, 끊임없이 여행을 다니잖아? 낯선 곳으로 여행할 때는 설레기도 하지만 힘들기도 하지. 어떤 때에는 　　　　　　 길을 못 찾아서 헤매기도 하고. 그래서 우리가 여행자에게 길을 　　　　　　 안내해주고, 도와주기도 하는 거야.

익숙한 집을 떠나 낯선 곳으로 가는 이를 친절하게 이끌어줘. 이 꼭두가 타고 있는 동물은 '영수'라고 하는데, 인간 세계에는 없는 신령한 동물 이야. 가끔 사람들의 꿈속에 나타나기도 하지.

길을 안내하는 꼭두

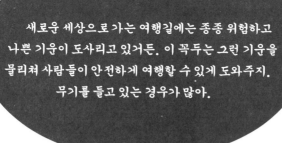

새로운 세상으로 가는 여행길에는 종종 위험하고 나쁜 기운이 도사리고 있거든. 이 꼭두는 그런 기운을 물리쳐 사람들이 안전하게 여행할 수 있게 도와주지. 무기를 들고 있는 경우가 많아.

나쁜 기운을 물리치는 꼭두

길을 가는 사람들을 위해
허드렛일을 도맡아 해주는 꼭두야.
표정이 아주 밝지? 다른 사람의 뒤치다
꺼리를 하면서 어떻게 이런 웃음을 지을 수
있을까? 아마 이 꼭두는 다른 사람을 돕는
일이 얼마나 보람된 일인지를 마음 깊이
알고 있는 걸 거야.

시중을 드는 꼭두

여행을 하다 보면 슬프고
울적할 때가 있겠지? 떠나기 싫은데
떠나야 한다면 더욱 슬프겠지?
이 꼭두는 재주를 부려 떠나는 사람들의
슬픈 마음을 위로하고 다시 웃게 만들기
위해 노력하고 있어. 어디서나 웃으면
복이 오는 건 똑같거든.

자, 이제 우리 소개를 마칠게.
그럼 다음 이야기를 시작해볼까?

사람을 위로하고 즐겁게 해주는 꼭두

다리 밑의 낙타

◆ 배경
　고려 태조 25년
　개경(고려의 수도)에 있는 흥국사

◆ 등장인물
　수정스님 : 예순에 가까운 노스님.
　수북이 : 노스님을 모시는 열 서너 살 정도의 어린 사미승. 눈두덩이 수북하
　　　　　 게 붙은 모습을 하고 있다고 해서 수북이라는 별명을 가지고 있다.
　낙타들 : 극중에서 약대라고 불린다.

해설　고려 태조 25년(942년) 거란의 야율덕광(耶律德光)이 수교를 요청하
며 사신 30명, 낙타 50필을 보냈다. 22년 전에 야율덕광의 아버지 야
율아보기(耶律阿保機)가 낙타를 보내 수교를 요청한 것과 마찬가지 방
식이었다. 하지만 태조는 거란이 발해를 멸망시킨 것에 분노하여 거란
을 금수의 나라라고 비난하면서 그 요청을 거절하였다.『고려사』에 따
르면 태조는 단호한 거부의 뜻으로 사신을 외딴 섬에 유배 보내고 낙
타 50마리를 개경 만부교(萬夫橋) 밑에서 굶겨 죽였다. 그 이후에 사

람들은 그 다리를 약대다리 혹은 야다리라고 불렀다.

1막 – 수정스님의 첫 번째 이야기

막이 오르면 10세기 말 고려의 수도 개경의 번화한 모습이 뒤쪽 배경으로 펼쳐지는 가운데, 홍국사 노스님 거처인 암자에서 노스님과 어린 동자가 이야기 나누고 있는 것이 보인다. 음력 11월의 늦은 오후이다.

저녁 공양 바로 전의 늦은 오후. 노스님의 거처인 송월암의 내부.

수정스님 (수북이를 바라보며) 수북아, 바람이 불고 날씨가 쌀쌀해지는 것을 보니 벌써 가을이 다 가고 겨울이 오는 것 같구나.

수북이 네, 스님. 올해는 겨울이 빨리 오는 것 같습니다. 방에 한기가 들지 않도록 군불을 좀 더 지필까요?

수정스님 아직 그럴 필요는 없다. 수행자의 방은 너무 따뜻해도 안 되는 법이다. 나중에 진짜 추워질 때는 어떻게 하려고 그러느냐.

수북이 (머리를 숙이며) 잘 알겠습니다.

수정스님 (물끄러미 수북이를 본다) 너도 이제 절에 들어온 지 꽤 되었지?

수북이 내년이면 3년째가 됩니다. 2년 전 이맘때 들어왔으니까요.

수정스님 종종 2년 전의 생각이 나느냐? 특히 오늘처럼 스산한 날에는 그러지 않겠느냐?

수북이 아닙니다. 속세 일은 다 잊어버렸습니다. 그런 말씀하시면 주지스님

모시는 시자(侍者, 장로를 모시고 시중드는 사람)스님께 야단맞습니다.

수정스님 (빙그레 웃음을 띠며) 그럴 것 없다. 억지로 잊어버리려고 하면 더 생각이 나는 법이야. 그냥 내버려 두거라. 생각이 나면 나는 대로, 그냥 흘려 보내도록 해. 나는 이 절에 들어온 지 반세기가 가깝게 지났어도 처음 그때가 아직 생각난단다. 아주 어릴 적이었지…….

수북이 (스님 곁에 바짝 다가오며) 스님은 어떻게 절에 오시게 되었어요? 저처럼 사고무친(四顧無親, 사방을 둘러보아도 친척이 없다는 뜻)이셨나요?

수정스님 그때는 너무 어려서 나도 어떤 연유로 오게 되었는지 알 수 없었어. 거기에 대해 이야기해주는 사람도 없었고, 나도 별로 관심이 없었지. 들어오자마자 그 일이 일어나서 나는 온통 거기에 마음이 팔려 있었으니까…….

수북이 (조금 망설이다가) 그 일이라는 것이 무엇인지요?

수정스님 음, 그건 참 신이(神異)한 일이어서 나도 가끔 '내가 꿈을 꾼 건가' 하고 반신반의하곤 했지. 하지만 그 이후로 나의 삶이 바뀌었다고 할 수 있으니까……. 하지만 헛것을 본 건 아니야. 나는 지금까지도 생생하게 기억하고 있단다.

수북이 스님, 외람된 말씀이 아니라면, 그 신이한 사건에 대해 여쭤봐도 되는지요?

수정스님 글쎄다…….

수북이 스님, 방금 스님께서 말씀하시지 않았습니까. 기억이 나면 나는 대로 그냥 내버려 두라고요. 그러면 기억도 지수화풍(地水火風)이 흩어지듯 조만간 그냥 흩어져버리겠지요. 그걸 말씀해주시면 더 빨리 흩어져버릴 거구요.

수정스님 (미소를 띠며) 이야기를 해주면 더 빨리 사라질 거라고? 네가 제
법이구나. 하지만 40년 넘게 잊지 않고 있는 것이 어찌 그리 쉽게
사라지겠느냐? 하지만 내가 여태까지 그걸 잊지 못하고 붙잡고 있
는 것도 문제긴 문제로구나……. 네 말대로 바람에 실려 온 곳으
로 가도록 해야 하는데……. (문득 방 밖으로 고개를 돌린다) 저녁이

가까워지니, 바람이 좀 더 부는구나.

수북이 (스님의 한숨소리를 듣고 왠지 송구스러워져서 어색하게 손을 비빈다)

수정스님 (먼 곳을 바라보며 옛 일을 떠올리는 듯, 눈동자가 가늘어진다) 그때, 난 갓 열 살을 넘겼을 정도였지. 아직 사미계(불교에 처음 입문한 승려가 지켜야 할 열 가지 계율)를 받지 않았고, 어리다고 고된 일은 빼주는 바람에 절에서의 행자 생활도 상당히 자유로운 편이었지. 더구나 큰스님들이 귀여워해준 덕에 나에게 뭐라고 간섭하는 사람도 별로 없었고. 그날도 오늘처럼 바람이 불어서 쌀쌀한 날씨였지. 그런 날 그들이 약대의 기다란 행렬과 함께 개경에 도착했단다.

수북이 약대요?

수정스님 넌 아직 약대를 본 적이 없지? 마소만 한 크기인데 북방의 건조한 지역에 사는 짐승이란다. 등에 혹이 두 개 있고, 오랫동안 물을 마시지 않아도 견딜 수 있는 아주 강인한 짐승이지. 거란의 사신이 약대들을 몰고 여기에 온 거야. 날씨가 을씨년스러워서 사람들이 거리에 나오는 것을 꺼릴 법도 했지만, 이미 거란에서 사신이 온다는 소문이 파다했으니 많은 사람들이 그들을 구경하기 위해 길가에 모여 있었지.

수북이 거란 사신은 어떤 모습이었나요?

수정스님 사신은 송악산 아래 봉덕문으로 들어와 선진문을 거쳐 광화문에 이르렀지. 그들은 두꺼운 모피 옷을 입고 약대의 두 혹 사이에 앉아 있었어. 굳은 표정으로 앞만 보고 있어서, 그들을 보는 우리들도 저절로 긴장하게 되었지. 나는 무서운 표정을 한 거란인으로부터 눈을 돌려서 약대들을 봤어. 약대는 오랜 여행길에도 지친 기색이 없이 무사태평한 표정으로 걸어가고 있더구나. 가끔 거친 바람이 불어서 기다란 털이 훨훨 날려도 약대는 괴상한 걸음걸이로 앞으로 나아갈 뿐이었지. 약대가 왼쪽 다리 두 개, 오른쪽 다리 두 개를 한꺼번에 움직여 걷는 것을 보고 우리는 모두 웃음을 터트렸단다.

수북이   거란 사신이 와서 무얼 했나요?

수정스님   무얼 하긴. 태조대왕께서 아주 단호하셨으니 아무것도 할 수가 없었지. 왕궁에 도착하자마자 그들은 자신들의 운명을 직감하였을 거야. 우리 관리들이 자신들을 경멸스럽다는 듯 차가운 태도로 대하자 그들은 거란의 강력한 보복이 있을 것이라고 위협을 가했단다. 하지만 태조대왕의 분노가 하늘을 찔렀으니 뾰족한 수가 있을 리 없었지. 태조대왕께서는 "거란이 일찍이 발해와 화목하게 지내오다가 갑자기 발해를 멸망시켰으니 거란은 도저히 이웃으로 삼을 나라가 되지 못한다"라고 하면서 노발대발하셨으니…….

수북이   (목소리가 높아지며) 그래서 그들을 죽였나요? 그들을 어떻게 했나요?

수정스님   대왕의 추상과 같은 명령에 거란의 사신들은 포박당한 채 회빈문 밖으로 끌려 나갔지. 그리고 황해도의 외딴 무인도에 유배되었단다. 그 후 그들이 어떻게 되었는지는 모르겠다. 하지만 들리는 말에 의하면 굶어 죽지는 않고, 어떻게든 살아남았다는 것이었는데…….

수북이   그럼 사신들은 살아서 돌아갔겠네요?

수정스님   거란인은 논밭을 일구며 사는 우리네와 달리 망망대해와 같은 사막을 제집 삼아 지내니 쉽게 죽을 이들이 아니지.

수부이　자기네 나라로 돌아간 그들이 복수하러 오면 어떻게 하지요?

수정스님　그래. 그게 문제란다. 그래서 요즘 흉흉한 분위기 아니냐.

수부이　약대는 어떻게 되었나요? 그들이 데리고 온 약대 말이에요.

수정스님　약대는 거란인보다 더 강인한 짐승이란다. 약대도 결코 그냥 죽는 법이 없지. 하지만 아무리 힘센 짐승이라도 굶기는 데야 무슨 도리가 있겠냐?

수부이　아니, 굶기다니요? 왜 그런 거죠?

수정스님　내가 약대를 다시 본 것은 날씨가 풀려서 따사롭던 며칠 후였지. 저 아래 만부교가 있지 않느냐? 거기 아래에 50마리의 약대가 묶여 있더구나. 대왕의 명으로 그들을 굶겨 죽이기로 한거야. 그 다리는 보정문을 거쳐 동교로 나서면 남경(서울) 방면과 남쪽 지방으로 향하는 도로가 나 있어 사람들의 왕래가 많은 곳이 아니더냐? 그래서 사람들이 진기한 약대의 모습을 보느라고 가던 길을 멈추고 한참 동안 다리 밑을 내려다보았어. 약대를 굶겨 죽인다는 말을 듣고 모두들 불쌍하게 생각했단다.

수부이　정말 너무하군요. 약대가 무슨 죄가 있다고 그런 고통을 주는 거죠? 부처님이라면 그러지 않을 텐데요.

수정스님　나도 그렇게 생각했단다. 어린 마음에 약대가 너무 애처롭게 보이더구나. 그래서 나도 모르게 만부교 아래에 좀 더 가까이 갔지. 거기에서 아무 일도 아니라는 듯이 태평스러운 표정의 약대를 보자 더욱더 불쌍한 마음에 눈물이 나왔어. 약대들은 자신들에게 내

려진 운명에는 관심이 없다는 듯이 묶인 채로 앉거나 서 있었단
다. 긴 털로 덮여 있어서 그런지 추운 날씨에도 별로 상관하지 않
는 듯했고, 먹이와 물 없이도 고통을 받지 않는 것 같았어. 하지
만 그런 무사태평한 약대를 볼수록 내 마음은 저절로 그들과 가
깝게 되었지.

수북이 약대가 너무 불쌍해요. 그렇게 먼 길을 고생하면서 왔는데 도착하
자마자 도리어 굶주림에 고통을 당하다니! 스님, 약대가 너무 불쌍
해요. 배고픈 고통을 당해보지 않은 사람은 알 수 없을 거예요! 약
대들이 얼마나 배가 고팠을까요!

이때 절의 큰방 앞마루에서 약석(藥石, 절에서 저녁식사를 일컫는 말) 공양 시간을 알리는
종이 울린다. 저녁 공양이 끝나면 예불이 이어진다. 수정스님과 수북이는 이야기를 멈추고 공
양간으로 가기 위해 일어선다.

2막 – 수정스님의 두 번째 이야기

다음 날, 사시(巳時, 오전 9시~11시) 예불이 끝나고 점심 공양도 마친 오후. 어제보다 날씨
가 풀려서 햇볕이 제법 따사하게 느껴진다. 노스님은 암자의 밖에 있는 의자에 앉아 오랜만의
따뜻한 햇볕을 즐기고 있다. 수북이는 어제부터 스님 이야기를 계속해서 듣고 싶은데 아침부터
참고 있는 기색이 역력하다.

수북이   오늘은 날씨가 많이 풀렸습니다. 겨울이 아니라 봄이 온 것 같습니다. 겨울을 거치지 않고 그냥 봄이 되면……. (스님의 눈치를 본다) 안 되겠죠?

수정스님   그러면 좋겠느냐?

수북이   춥지 않아서 좋을 것 같기는 하지만요. 그럼 안 될 것 같다는 생각이 듭니다.

수정스님   (빙그레 웃음을 띠며) 왜 안 될 것 같다고 생각하느냐?

수북이   그냥요…….

수정스님   그냥이라니, 그냥이라는 건 가당한 말이 아닌 것 같구나.

수북이   송구합니다. 스님.

수정스님   그냥 봄이 되면 이제 곧 다가올 동지도 건너뛰어야 하는데, 그럼 네가 가장 좋아하는 팥죽도 먹을 수 없지 않겠느냐? 작년에 네가 팥죽을 먹는다고 동지 오기를 손꼽아 기다리던 것 잊지는 않았겠지?

수북이   (침을 꼴깍 삼키면서 말한다) 그걸 깜빡하였습니다.

수정스님   그뿐만이 아니다. 추운 겨울이 없다면 봄에 보리 싹도 나지 않고, 꽃도 피지 않지. 그런 봄이 무슨 소용이 있겠느냐? 거쳐야 할 모든 절차는 제대로 지켜져야 하는 법이다.

수북이   그렇사옵니다. 그래야 동지에 팥죽을 먹을 수 있습니다.

수정스님   (좀 더 크게 웃음을 짓는다) 역시 팥죽을 놓치면 안 되겠지?

수북이   (수북이도 스님과 같이 웃는다) 스님, 그래서 어떻게 되었어요?

수정스님   뭐가 어떻게 되었냐는 말이냐?

수북이   만부교 아래 묶여 있던 약대들 말이에요.

수정스님 아, 그 이야기?

수북이 어제 해주신 이야기가 끝이 안 나서 계속해서 제 머릿속에 남아 있습니다. 제가 꼭 붙잡고 있어요. 그래서 어제 제 꿈에 약대가 나타났습니다. 스님께서 그 이야기를 마저 해주셔야 저도 그 이야기를 털어 보낼 수 있을 것 같습니다.

수정스님 꿈에 약대가 어떻게 나타났느냐?

수북이 스님 말대로 아무 걱정 없는 모습이었습니다. 제게 뭔가 하고 싶은 이야기가 있는 표정이었어요. 그들이 저를 불렀는데, 제 발이 안 떨어져서 발버둥 치다가 잠에서 깨었어요.

수정스님 흠, 그랬느냐? 그때 내가 느꼈던 것과 비슷하구나.

수북이 (바짝 다가온다) 그때, 어떠셨는데요?

수정스님 그 이후로 난 매일 만부교에 갔단다. 나도 모르게 그렇게 된 것이지. 저절로 그리로 걸음이 옮겨졌고 하루 종일 그들을 보고 오는 것이 일과가 되었지. 큰스님이 어디에 갔다 오냐고 물어봐도 나는 아무 대꾸도 할 수 없었단다. 사실 내가 간 것이 아니라 저절로 발걸음이 옮겨졌기 때문이지. 지금 생각해봐도 그때 내가 왜 그렇게 약대에 관심을 기울였는지 잘 모르겠다. 알 수 없는 힘에 이끌려서 그랬다고 봐야 하겠지? 마치 약대들이 나를 부르는 듯한 느낌이 들었지. 왜 그런지 모르지만 그들에게 필요한 사람은 바로 나뿐일 거라고 생각했단다.

수북이 (흥분하여 외친다) 약대가 스님을 부른 거예요! 하고 싶은 말이 있었던 거예요! 저도 꿈에서 바로 그런 느낌을 가졌어요!

수정스님 그렇지? 신이한 일이 생긴 날은 바로 동지였지. 점심 때 절에서 팥죽을 먹고 나왔던 기억이 분명하기 때문에 틀림이 없을 거야. 나는 팥죽을 먹으면서, 벌써 한 달 째 아무것도 못 먹고 있는 약대들 생각이 났지. '나라님은 약대에게 무슨 잘못이 있다고 굶겨 죽이는 것인가?'라는 생각이 머리에서 떠나지 않았어. 칼바람이 불고 눈발이 날리는 날이었지만 그런 측은지심 때문에 더욱 더 나의 발걸음은 만부교로 향했단다. 멀리서 볼 때면 50마리의 약대가 추위를 견디기 위해 한데 모여 있는 모습은 정말로 처연한 느낌을 갖게 하였지. 그렇지만 가까이 갈수록 약대의 분위기가 내 생각과는 사뭇 다르다는 느낌이 들었단다. 약대는 전혀 절박해 보이지 않았을 뿐만 아니라, 오히려 축제 같은 분위기를 띠고 있었기 때문이야.

수붓이 연등회나 팔관회가 행해질 때 같은 그런 분위기 말씀이셔요?

수정스님 그렇단다. 약대들의 모습은 마치 머나먼 고비사막에서 여기까지 길을 걸어온 목표가 이제 얼마 안 있으면 이루어진다고 말하는 것 같았지. 등 위로 불쑥 솟아오른 두 개의 봉우리가 한 달이나 굶주리는 바람에 많이 홀쭉해졌지만 그들은 도무지 아랑곳하지 않는 표정이었어. 흥겹게 코까지 벌름거리지 않겠니.

수붓이 약대들이 하고 싶은 이야기가 무엇이었을까요?

수정스님 내가 마주 부는 바람을 헤치며 약대들에게 가까이 가자, 추위를 막기 위해 둥그렇게 모여 서 있던 대오(隊伍)를 허물더구나. 그리고는 나를 그들의 대오 안으로 들어갈 수 있게 해주었지. 놀랍게도 약대로 둘러싸인 안쪽은 아주 따뜻하고 고요했어. 바깥에서 왱왱

대는 바람 소리가 전연 들리지 않았고, 온기가 빙글빙글 주위를 돌면서 우리 모두를 데워주었지. 그리고 강하지만 싫지만은 않은 냄새가 나를 둘러싸며 바깥과 차단막을 만들어주었어. 그 냄새를 깊이 들이마시자 약대와 하나로 이어진 느낌이 들었어. 게다가 나를 보는 약대들의 부드러운 눈길 때문에 난 더욱 편안해졌단다.

수북이   아, 저도 그런 느낌을 갖고 싶어요. 어제처럼 발버둥 치는 꿈이 아니라, 온몸이 물처럼 녹아서 하나로 흘러가는 꿈을 꾸고 싶어요.

수정스님   나는 꿈을 꾼 것이 아니다. 실제로 있었던 일이야. 그 다음에 깜빡 잠이 든 것은 사실이지만 말이야.

수북이   주무셨다고요?

수정스님   응. 약대 속으로 들어간 다음에.

수북이   어떻게 주무시게 되었어요?

수정스님   내가 그들의 대오 안으로 들어가자, 서서 바람을 맞던 그들도 다리를 꿇고 앉는 자세를 취하더구나. 그러자 내 주위에 수많은 산봉우리가 겹겹이 세워진 것 처럼 느껴졌어. 약대의 혹 때문에 그런 풍경이 만들어진 것이야. 편안하고 아늑한 기분이 나를 감싸는 것 같더구나. 조금 전까지 칼바람에 얼어 있던 몸이 약대들의 따뜻하고 다정한 위무를 받고 촛농처럼 흘러내리는 듯했지. 나도 모르게 스르륵 잠이 들었고, 잠에서 깨어난 것은 짧은 겨울 해가 저물어 어둑어둑해질 무렵이었단다.

수북이   그럼 절에 돌아가셔야 할 시간이 지났을 텐데, 어떻게 하셨어요?

수정스님   바삐 서둘렀지만 만부교에서 흥국사까지 돌아가려면 한참을 걸어가야 했기에 절의 저녁 공양 시간에 도착할 수가 없었지. 결국 평소 내게 잔소리하지 않으셨던 큰스님도 큰소리로 야단을 치셨고……. 하지만 난 잠깐 동안 꾼 꿈에서 본 너무나 생생한 장면에 정신이 팔려 있었기 때문에 큰스님의 호통에도 주눅이 들지 않았단다. 다만 그것이 꿈인가 생시인가 하며 거기에 골몰할 뿐이었지.

수북이 꿈에서 무얼 보셨는데요?

수정스님 그건 산봉우리처럼 나를 에워싸고 빙빙 돌던 약대의 혹들이 열리면서 시작되었단다. 산봉우리 같은 혹이 옆으로 꺾이며 그 안에 들어 있던 것이 툭툭 튀어나왔어. 약대가 50마리이니 등에 난 혹은 100개였지. 100개의 혹이 열리면서 인간과 신수(神獸) 모습을 한 갖가지의 꼭두 형상이 나타나는 거야. 아리따운 처자도 있고, 무기를 든 험상궂은 표정의 무사도 있었는데, 모두 몸 뒤에 후광을 지니고 있어서 범상한 존재가 아니라는 건 금방 알 수 있었어. 용도 꿈틀거리며 나타났고, 봉황도 훨훨 날았지. 내 주위에 내려온 그들은 밝게 빛나고 있었고, 하나같이 손에는 뭔가를 쥐고 있었단다. 내가 그들에게 그것이 무엇이냐 묻자, 그들은 하나같이 "우리가 타고 갈 배"라고 답해주었어. 자신들이 손에 든 조각을 맞추면 배가 된다는 것이야.

수북이 배라니요? 갑자기 무슨 배를 말씀하시는 건가요?

수정스님 네가 우리 절 대웅전 벽에 그려진 그림을 유심하게 보았다면 알 수 있을 거야. 나도 그때는 몰랐지. 이따가 한번 살펴보거라. 배 그림이 그려져 있을 거야. 바로 반야용선(般若龍船)이란다. 우리를 고통의 세계인 차안(此岸, 나고 죽는 고통이 있는 세상)에서 아미타불의 세상인 피안(彼岸, 해탈에 이르는 이상적인 경지)으로 건너가게 해줄 수 있는 배이며, 용이 뱃머리와 꼬리를 담당하는 배. 그래서 이름도 용선이지. 흥국사의 법당 양쪽에 있는 용머리는 절이 반야(般若, 불교의 근본 교리 중 하나로 지혜를 뜻함), 즉 지혜를 전하는 용선임을 표현하려는 것이란다. 하지만 내가 본 것은 빗대어서 말하는 배가 아니라, 진짜 그들이 타고 갈 배였어. 일곱 겹의 그물망과 일곱 겹의 꽃 난간으로 장식되어 있는, 아미타불의 극락정토 세계로 우리들을 인도해줄 배, 불국정토로 가는 배…… . 그렇다면 조립할 배 조각을 들고 나온 이들은 바로 우리의 부처, 보살이 아니겠느냐!

수북이   그럼 약대의 혹 속에 부처님과 보살님이 들어가 있었다는 건가요?

수정스님   그런 생각이 들었단다. 하기야 부처님과 보살님 안 계신 곳이 어딘들 있겠느냐?

수북이   그래서 꼭두들은 배를 타고 떠났나요?

수정스님   꼭두들은 가지고 온 조각을 서로 이어서 배를 만들기 시작했지. 약대들은 임무를 완수했다는 듯이 좀 더 편안한 자세로 쉬고 있었고…… . 그들의 편안한 자세를 보고 있자니 나도 같이 노곤해지기 시작했어. 그래서 꿈속에서 더 깊은 꿈속으로 들어간 것인지, 아니면 생시였는지 아직도 아리송하단다. 하지만 뚜렷이 기억나는 것은 용의 머리와 꼬리가 배의 앞뒷자리를 차지하고, 배의 가운데 세워진 정자에 꼭두들이 자리 잡자, 배가 움직이기 시작했다는 거야.

수북이   약대들은 배에 올라타지 않았나요?

수정스님   약대는 남았지. 혹은 보잘것없이 쭈그러졌지만, 약대들은 생기가
         넘치고 있었어. 마치 자신 안에 무엇인가가 새롭게 채워진 것 같
         이 싱싱한 분위기를 발산했지. 자신을 비워내면 늘 새로운 것이
         채워지게 마련 아니냐?

수북이   배는 어떻게 떠났어요?

수정스님   배는 만부교 쪽으로 조금씩 움직여 갔지. 다리 앞에 이르자 앞뒤
         로 좀 더 큰 폭으로 흔들리기 시작하더구나. 그러더니 미끄러지듯
         이 10척 길이의 다리 위로 빠르게 움직였어. 그리고는 순식간에
         다리에서 없어지는 게 아니겠니? 하늘 위로 올라가 금방 사라져
         버린 거야. 난 그 광경을 보고 놀라서 눈이 동그래졌지. 하지만 약
         대들은 그다지 놀랄 일이 아니라는 듯한 표정을 짓고 있더구나.

수북이   약대는 그런 광경에 익숙한가보죠?

수정스님   음, 차안에서 피안 가는 일이야 우리네 삶의 한 부분이니……. 어
         찌 보면 밤에 꿈을 꾸고 또 아침에 꿈에서 깨어나는 일과 별반
         다를 것도 없을 것이다.

수북이   그 일을 겪으신 뒤 스님의 삶이 바뀐 건가요?

수정스님   그날 이후, 난 법당 앞과 안쪽에 있는 용 조각을 볼 때마다, 만부
         교에서 날아올라간 배를 생각하지 않을 수 없었단다. 물론 약대
         혹에서 나와 그 배에 올라탄 갖가지의 꼭두 형상도 같이 떠올랐
         고. 언젠가 나도 꼭두처럼 배를 타고 이곳을 떠날 것이고, 이 절
         도 마찬가지로 사라지겠지. 오고 가는 것이야 그래야 하는 것이

아니겠느냐? 가야지 올 수가 있을 테니까. 약대처럼 비워내야 새로 채워질 수 있듯이 말이다. 하늘로 떠오르는 배에 언젠가 다시 땅에 내릴 것이 늘 간직되어 있는 것처럼……

오후의 따뜻했던 햇볕이 어느덧 사라지고, 암자 주변에 겨울철 저녁의 어둠이 빠르게 스며든다. 스님이 한기를 느껴 어깨를 옹송거리자 수북이가 서둘러 스님을 암자 안으로 모신다. 스님과 수북이의 뒷모습에 조명이 비춰지면서, 주변이 천천히 어둠에 잠긴다.

꼭두의 집은 어디일까?

이게 어디에 쓰는 물건인지 짐작할 수 있겠니?

화려한 장식을 보면 축제나 잔치에 쓰는 물건 같기도 하고, 긴 멜대가 달린 걸 보면 사람을 태우는 가마 같기도 해. 지붕이 달린 걸 보면 집 같기도 하지.

이 물건의 이름은 '상여'야. 앞에서 생명을 가진 것은 모두 한곳에 머무르지 않고, 다른 곳으로 움직여 간다고 말했지? 상여는 바로 그 '다른 곳'으로 갈 때 타고 가는 것이야.

말도 있고 수레도 있는데 왜 상여를 타고 가야 하냐고? 그건 상여를 타야만 갈 수 있는 특별한 세상이 있기 때문이야. 그렇지만 아무나 상여에 탈 수 있는 것은 아니야. 이 세상을 떠나 다른 세상으로 가도록 정해진 사람만이 상여를 타고 여행을 갈 수 있단다.

상여는 우리 꼭두가 사는 집이기도 해. 우리는 상여 주변을 빙 둘러서 있으면서 떠나는 이의 동반자가 되어주거든.

다음 장을 넘겨봐. 상여를 장식하는 용 꼭두와 봉황 꼭두, 그리고 용수판을 보여줄게.

용은 하늘과 땅, 바다를 자유자재로 오가며 온 세상을 다스리는 신비롭고 강인한 존재야. 그래서 옛날 우리나라에서 용은 왕을 상징하기도 했어. 상여에 용을 장식하는 이유는 강한 용이 낯선 길을 가는 여행자를 지켜주길 바라기 때문이야. 청룡과 황룡이 서로 얽혀 하늘로 올라가는 모습에서, 뭔가 물리칠 듯한 강인한 기운이 느껴지지?

옛날, 용은 왕의 상징이었기 때문에 백성들이 옷이나 집을 장식하는 데 쓰는 것이 금지되어 있었대. 하지만 상여만큼은 보통 사람들도 용과 봉황, 그리고 온갖 화려한 것들로 치장할 수가 있었어. 다른 세상으로 떠날 때만큼은 신분이나 빈부의 차이 같은 인간 세계의 제약에서 벗어나 가장 아름다운 길을 갈 수 있도록 한 거야. 우리 조상들의 삶과 죽음에 대한 멋진 태도가 느껴지지 않니?

용수판은 용의 머리와
수호신의 얼굴을 그린 나무판이야. 상여의
앞뒤에 놓이는데, 여행길의 나쁜 기운을
물리치기 위한 거야. 무서운 얼굴이
그려져 있지? 나쁜 기운과 잡귀가
물러나라고 그런 거야.

봉황은 신비의 세계에서
살고 있는 새야. 커다란 날개로
어디든 거침없이 날아다니며 온몸에서
화려한 불꽃을 내뿜지. 봉황은 주로 상여의
네 모서리에 장식되어 있어. 여행길을 떠나
는 이가 봉황처럼 자유롭게 날갯짓하길
바라는 마음이 담긴 것 아닐까?

꼭두는 왜 고래 입속으로 들어갔을까?

◆ 배경
  현대 대한민국
  서울, 울산

◆ 등장인물
  옥초 : 40대의 싱글맘, 직장인
  어진이 : 옥초의 딸, 초등학교 3학년
  언양댁 : 옥초의 친정어머니

어진이의 초등학교 교실, 금요일 종례시간

교단 위에서 담임 선생님이 학생들에게 다음 주의 숙제에 관해 말하고 있다. 칠판에는 '박물관 관람 감상문'이라는 글씨가 쓰여 있다. 교실 뒤에서 왼편으로 비스듬히 선생님의 모습이 보인다.

선생님   여러분, 다음 주 숙제 잘 아셨죠? 박물관에 가서 보고 그 느낌을
         적어 오는 거예요. 어떤 박물관이라도 좋아요. 그렇지만 가기 싫은

곳에 억지로 가서 건성건성 보면 좋은 느낌을 받을 수 없으니까 자기가 재미있을 것 같다고 생각하는 박물관에 가는 걸 추천해요. 선생님이 늘 말하듯이 숙제를 할 때에는 즐겁게 하는 자세를 갖기를 바라요. 숙제라고 부담감을 가지면 점점 하기가 싫어지니까요. 집에 가서 가족과 함께 가고 싶은 박물관에 관해 의논하는 것도 좋은 태도예요. 자, 그럼 주말 잘 지내고 다음 주 월요일에 만나요!

수업이 끝나고 집으로 향해가는 어진이의 모습. 조용히 발걸음을 옮기면서 숙제에 대해 생각에 잠겨 있는 듯하다.

어진이네 집, 저녁식사 시간

어진이와 어머니 옥초가 사는 집. 퇴근하고 집에 돌아온 옥초가 저녁 식사를 준비하고 있고, 어진이는 어머니를 거들고 있다. 어진이가 숙제에 대해 이야기를 꺼낸다.

어진이   선생님이 숙제를 내줬는데 엄마랑 의논해서 하래.

옥초   숙제가 뭔데?

어진이   박물관 가는 거.

옥초   박물관에?

어진이   응.

옥초   어떤 박물관?

어진이   아무 박물관이나. 근데 감상문을 써야 하니까, 쓸 거리가 있어야 해.

옥초　어디 가고 싶은데?

어진이　그걸 엄마와 의논하래는 거지.

옥초　(고개를 끄덕이며) 어디 가면 좋을까?

꼭두 박물관 전시실 안

　옥초와 어진이가 전시된 꼭두를 보면서 서서히 움직이고 있다. 두 사람 모두 전시된 꼭두를 살펴보느라 마음이 쏠려 있는 모습이다. 꼭두의 독특한 아름다움, 그리고 꼭두에 담겨 있는 따뜻한 마음이 엄마와 딸에게 저절로 스며들어가 있는 듯한 표정이다.

어진이의 집, 밤

어진이가 엄마와 이야기를 나누고 있다.

옥초   이번 주말에는 같이 울산에 다녀와야 할 것 같다. 꿈자리가 뒤숭숭하다고 할머니가 그러시는구나. 너를 보고 싶으시대. 할머니도 이제 기력이 많이 쇠하신 것 같아. 외롭기도 하실 테고. 요샌 정신도 깜빡깜빡 하셔서 걱정이야.

어진이   응, 난 할머니 집 가는 거 좋아. 금요일에 갈 거야? 아니면 토요일에?

옥초   금요일에 가자. 요번에는 두 밤 자고 오자. 할머니가 요새 부쩍 적적해 하시는 것 같아. 우리가 한 밤 더 자고 오면 좋아하실 거야.

울산행 고속버스 안

다음 날, 옥초와 어진이는 울산행 고속버스를 타고 저녁 어스름 무렵, 할머니의 집이 있는 울산 야음동 '신화마을'에 도착한다. 그들은 마을 건물 벽에 그려진 여러 가지 벽화를 보면서 걷는다. 커다란 나비, 그리고 수없이 많은 작은 나비가 날아다니는 그림을 지나치면 날개 달린 고래 그림이 나오고, 인디언 처녀와 노는 고래 그림도 나온다. 늦게 도착하여 문을 두드리자, 할머니의 환한 얼굴이 그들을 반긴다. 오랜만에 만난 언양댁과 딸, 그리고 손녀가 도란도란 이야기를 나누면서 저녁 식사를 한다. 간간히 웃음이 터지고 정겹게 이야기 나누는 따뜻한 분위기. 그 모습 뒤로 밤하늘의 별빛과 거리의 불빛이 보이다가 불빛과 별빛이 하나로 섞인다.

다음 날 아침

언양댁 어진아, 어제 여기 지나칠 땐 어두워서 이 그림들을 못 봤지?

어진이 그렇게 어둡지는 않았어. 그림을 보면서 길을 따라 가니까 저절로 할머니 집 앞에 오게 되던데?

언양댁 그랬구나! 난 어진이가 고래 그림을 못 본 줄 알았지.

어진이 아니야, 벽에 그려진 고래를 보면서 가다가 할머니 집에 간 거야. 고래 그림하고 할머니 집은 서로 연결이 되어 있던 걸?

언양댁 그래? 난 그런 줄은 몰랐구나. 늘 지나다니기만 했지, 그런 생각을 한 적이 없었는데……. 하긴 그래서 요즘 계속 고래 생각이 나는지도 모르지…….

옥초 엄마가 요즘 고래 생각을 한다구?

어진이 할머니, 어떤 생각인데?

언양댁 글쎄, 그게 말이다. 나도 모르게 고래가 보고 싶어지더구나. 고래 생각을 하면 마음이 푸근해지고, 숨이 편안해진단다. 그래서 너희들이 내려오면 같이 보러가려고 작정한 거야.

옥초 그럼 지금 우리, 고래 보러 가는 거야?

어진이 고래 보러 간다구? 정말?

언양댁 그래, 내가 어진이 놀라게 하려고 일부러 말하지 않았지. 지금 고래 박물관에 가는 거야.

옥초 (언양댁 얼굴을 물끄러미 바라보며) 엄마두 참…….

어진이 야, 신난다! 할머니, 엄마, 어서 가요! 고래 박물관으로!

신이 난 어진이가 앞장을 서고 그런 모습을 보고 웃음을 짓는 옥초와 언양댁이 고래 박물관을 향해 걸음을 옮긴다.

장생포 고래 박물관 안

세 사람이 박물관에 들어선다. 귀신고래 소리 체험실에 들어가서 고래의 소리를 듣는다.

어진이 할머니는 고래 진짜로 본 적 있어?

언양댁 그럼.

어진이 고래는 얼마나 커?

언양댁 (팔을 크게 휘저으면서) 집채만 하지.

어진이 어디서 봤어? 바다에서?

언양댁 울산에는 가끔 바닷가까지 고래가 떠밀려올 때가 있거든. 아주 아주 귀한 일이긴 하지만……. 할미도 살아 있는 고래는 어릴 때 한 번밖에 못 봤단다. 다쳐서 힘이 빠진 고래가 해변까지 밀려온 거야. 그 고래를 구경하려고 사람들이 새까맣게 몰려들었어. 아직도 어제 일처럼 생생하다. 고래 앞에 선 사람들이 개미처럼 보였단다. 그렇게 커다란 것이 바다에 살고 있다는 게 얼마나 신기하냐. 저 바닷속이 꼭 다른 세상처럼 느껴지기도 하고…….

언양댁은 전시된 고래 사진을 보며 어딘가 먼 곳을 보는 듯 아련한 표정이 된다. 어진이, 그런 할머니의 손을 꼭 잡는다. 언양댁, 정신이 든 듯 어진의 손을 맞잡는다. 잠시 밖에 나가 있던 옥

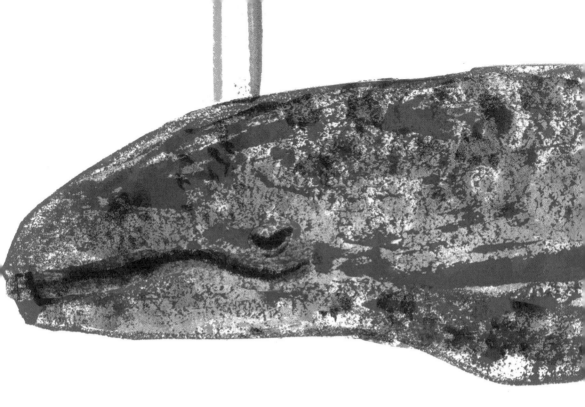

초가 들어오며 그 모습을 보고 웃는다.

귀신고래 모형 앞

14미터에 달하는 귀신고래의 실물 모형 앞에 선 세 사람의 모습. 언양댁은 연방 고개를 끄덕이며 중얼거린다.

언양댁 얼마 전에 꿈에 이 고래가 나왔어. 똑같이 생겼구나. 그래서 내가 여기에 와봐야겠다고 생각했지. 저 고래를 보니, 마음이 아주 시원해지는구나.

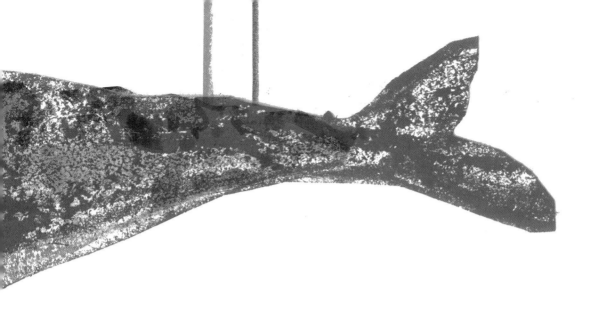

어진이 저 고래를 봤어? 꿈에서? 할머니가 고래하구 놀았어?

언양댁 그런 셈인가?

어진이 그런 셈이라는 게 무슨 뜻이야?

언양댁 내가 저 고래 입속으로 들어갔으니까. 꿈에서.

어진이 뭐? 할머니가 고래 입 속으로?

옥초 (놀라서 이야기에 끼어든다) 꿈에서 엄마가 고래 입 속으로 들어갔다구?
그게 무슨 꿈이지?

언양댁 응, 얼마나 아늑하고 좋던지 말을 못해. 꿈속이라도 오랫동안 거기에
머물고 싶었지……. 꼭 어렸을 적 엄마 품속에 있는 것 같더구나.

어진이 무섭지는 않았구?

언양댁 무섭기는. 더 있고 싶었다니까.

어진이 근데 왜 나왔어?

언양댁 고래가 물을 마구 뿜어내지 뭐냐. 그 물살이 얼마나 센지 그 힘 때
문에 밖으로 밀려나왔어. "나, 거기 더 있을래요. 더 있고 싶어요!"
하고 소리 소리치다가 꿈에서 깬 거야. 얼마나 아쉬웠는지 몰라. 꿈
이 너무나 생생해서 며칠을 그 고래 생각만 했단다. 그러다가 어렸
을 적에 보았던 고래도 떠올리게 된 거지.

옛날의 기억을 더듬는 언양댁의 얼굴 표정, 그 모습을 보며 생각에 사로잡힌 옥초의 표정, 그
리고 어진이의 재미있다는 표정. 세 사람의 표정이 서로 어울려 묘하게 따뜻하고 신비로운 분위
기를 만들어낸다.

86

서울행 고속버스 안

생각에 잠겨 있는 옥초. 그런 엄마의 모습을 곁눈질하다가 어진이가 엄마에게 묻는다.

어진이 엄마, 무슨 생각해?

옥초 응……. 할머니 생각.

어진이 할머니 생각, 뭐-어?

옥초 아니야, 아무것도. 그냥 오랜만에 봤더니 할머니가 많이 늙으신 것 같아서.

어진이 (눈을 똥그랗게 뜨고 묻는다) 갑자기 왜-?

옥초 그냥 그런 생각이 들었어. 아무래도 할머니가…….

어진이 (말없이 눈만 깜빡거리며 엄마를 바라보다가, 엄마가 더 이상 말을 하지 않자 창문 쪽으로 고개를 돌린다)

밤이 내려 앉아 이제 바깥 풍경은 보이지 않는다. 옥초는 말없이 물끄러미 정면만 바라보고 있다.

어진이의 교실

선생님 지난주에 숙제 내준 거 있지요? 박물관 관람 감상문 말이에요. 이번 시간에는 여러분이 제출한 숙제 중에서 훌륭한 것 몇 개를 뽑아서 발표를 하고 같이 들어보겠어요. 친구가 박물관에 가서 무얼 느꼈나 잘 듣고, 자기가 가본 곳과 비교해보기 바라요. 자, 그럼 맨먼저 어진이가 가본 박물관 이야기를 들어보겠어요. 어진이가 간 곳은 꼭두 박물관이에요. 어진이는 나와서 꼭두 박물관에서 무엇을 느꼈는지, 그리고 꼭두가 무엇인지 친구들에게 이야기해주세요. 자, 박수.

아이들이 박수를 치고, 어진이는 자신의 이름이 불릴지 몰랐다는 듯이 얼떨떨한 표정으로 앞에 나와서 이야기를 하기 시작한다.

어진이　안녕하세요. 김어진입니다. 음…… 그러니까…… 우리 조상들은 사람들이 이 세상에 태어날 때도, 이 세상을 떠날 때에도 긴 여행을 하게 된다고 생각했대요. 꼭두는 그렇게 여행을 할 때, 우리를 보살펴주는 일을 한대요. 여행하는 사람을 안내하고 보호도 해주고, 어려운 일도 맡아서 도와주고요. 또 노래와 춤도 해서 즐겁게 해주는 일도 하고요. 여러 가지로 좋은 일을 많이 해줘요. 여행을 하다보면 힘든 일도 많고, 외로울 수도 있잖아요. 그럴 때 도와주는 게 바로 꼭두래요. 그래서 꼭두를 우리나라의 천사라고 할 수 있대요. 외국의 천사 비슷한 역할을 바로 꼭두가 한다는 거예요. 꼭두 박물관은 그런 꼭두를 우리가 가서 직접 볼 수 있게 해 놓은 곳이에요. 가서 꼭두를 보고 있으면 힘들었다가도 마음이 푸근해진대요. 우리 엄마도 그렇다고 하셨어요. 색깔도 멋있고, 설명도 재미있어요. 그러니까 우리 친구들도 가서 봤으면 좋겠어요.

이야기를 마치자, 큰 박수 소리가 들린다.

어진이네 집, 밤

밤이 깊었는데, 어진이가 엄마의 방에서 엄마와 같이 누워 있다.

옥초　우리 어진이가 무슨 바람이 불어서 오늘따라 엄마하구 같이 잔다는
　　　거지?

어진이　그냥…….

옥초　그냥?

어진이　아니, 할머니가 생각나서…….

옥초　할머니?

어진이　응. 나, 지난번에 꼭두 박물관에서 산 거 있지?

옥초　아 그 예쁜 꼭두 말이구나? 꽃 들고 있는 꼭두 말이지?

어진이　응. 나 그거 할머니한테 가지고 가서 드릴 거야. 할머니는 고래 입
　　　속에 들어갈 때 무섭지 않았다고 했지만, 꿈속이라도 내가 생각할
　　　땐 좀 외롭고 쓸쓸했을 것 같아. 그럴 때 꼭두가 할머니하구 같이
　　　가면 좋잖아? 꼭두는 그렇게 길을 안내하고 도와주는 거니까. 할
　　　머니가 꼭두랑 같이 있으면 꼭두가 도와주고 참 좋을 거야. 의지도
　　　될 거구. 그치?

옥초　(어진이 말에 뭉클해진 모습) …… 정말 그렇겠구나…….

어진이　할머니한테 또 언제 갈 거야?

옥초　(어진이를 끌어안는다) 될 수 있는 대로 빨리 가자꾸나. 우리 딸이 가고
　　　싶다는데, 만사를 제치고 가야지.

둘이 서로 껴안은 채 다정하게 웃는다.

옥초　(어진이를 바라보며) 어진아?

어진이　응?

옥초　우리 어진이 이제 보니, 다 컸구나.

어진이　(엄마의 말에 웃음을 터트린다) 푸하핫! (갑자기 터져나오는 웃음이 고래
　　　박물관에서 들었던 귀신고래의 숨소리와 비슷하다)

옥초, 어진이를 다시 꼭 끌어안는다. 어진이네 창문에서 새어나온 불빛과 하늘에 총총한 별
빛이 하나로 연결되어 세상은 온통 별빛으로 가득해진다.

어진이의 꿈속, 꼭두의 화려하고 환상적인 행렬

어진이의 꿈속이다. 할머니가 여러 꼭두의 호위와 시중을 받으면서 고래의 입속으로 들어간
다. 길게 이어진 꼭두의 행렬은 할머니의 얼굴처럼 밝고 빛이 난다. 먼저 울긋불긋한 색깔의 갖
가지 깃발이 앞장을 서고, 이어서 신비로운 동물 위에 올라탄 꼭두가 할머니가 타고 있는 가마
를 이끈다. 가마 주위에는 겹겹이 호위하는 꼭두가 할머니를 보호하며 발걸음을 옮기고 있다.
가마 뒤를 시중드는 꼭두가 따라가며 할머니의 여행이 조금이라도 불편하지 않도록 보살피는
일을 한다. 춤과 노래를 하는 광대 꼭두와 살판쇠의 지휘 아래 땅재주를 부리는 꼭두를 보면서

할머니와 일행 모두는 서로를 고마워하며 이 여행을 맘껏 즐기고 있다. 할머니는 여행의 설렘으로 가득하다. 고래도 이미 이런 즐거움에 전염되었는지 그 커다란 입에 웃음을 가득 띠고 있다. 어진이는 귀신고래가 "푸하핫" 하고 신나게 물 뿜어대는 소리를 듣는다. 어진이의 얼굴에 저절로 웃음이 가득하다.

어진이 할머니, 잘 갔다 와. 고래 배 속에 갔다 온 이야기 나한테 꼭 해줘야 해!

언양댁 그럼, 우리 손주 고맙다아.

어진이 꼭두들아, 우리 할머니 잘 부탁해!

꼭두들이 덩실덩실 춤추듯이 움직이며 화답한다.

우리나라에 사는 꼭두의 친구들

©국립민속박물관

장승

무섭게 생긴 이 친구는 '장승'이야. 요즘도 시골이나 공원 등지에서 간혹 찾아볼 수 있어.

장승은 대부분 크기가 크고, 마을 입구에 서 있어. 마을을 보호하는 역할을

94

담당하고 있기 때문이야. 남자인 '천하대장군'과 여자인 '지하여장군'을 한 쌍으로 만드는데 험상궂으면서도 어딘가 익살맞은 표정이 참 재미있지?

장승은 마을을 보호하는 동시에 마을의 이름이나 위치를 알려주는 이정표역할도 했어. 마을에 도착한 여행자에게 제대로 된 길을 가르쳐주기 위해서지. 장승은 주로 나무로 만들어. 나쁜 기운을 쫓아내고 여행자를 안내하는 역할을 한다는 점에서 우리 꼭두와 비슷한 점이 있단다.

돌하르방

낮이 익지? 누구나 한번쯤 보았을 제주도의 명물 돌하르방이야. 돌하르방은 장승과 같이 마을을 지키는 역할을 하지만 제주도에서만 찾아볼 수 있는 특이한 모양을 하고 있어. 제주도에서 많이 나는 현무암으로 만들어져 온몸에 구멍이 뽕뽕 뚫린 것이 특징이지.

나무를 깎는 것보다 돌을 조각하는 것이 더 힘들 텐데, 왜 제주도에서는 나무 장승 대신 돌하르방을 세웠을까?

원래는 제주도에서도 나무로 장승을 만들었대. 하지만 비가 많이 오고 습한 제주도의 기후 때문에 나무 장승이 자주 망가지자 돌로 만들게 되었을 것이라고 추측하고 있어.

ⓒ국립민속박물관

철마

이 친구는 쇠로 만든 말이라 해서 '철마'라고 불러. 5센티미터에서 10센티미터 정도 되는 아주 작은 말이야. 마을마다 있는 제당에 놓여졌지. 어떤 사람들은 철마 자체를 신으로 떠받들기도 하고, 혹은 신이 타고 다니는 신령한 동물로 보기도 했어.

옛날에는 우리나라 산 곳곳에 호랑이가 많이 살았어. 그 호랑이들이 사람을 다치게 하거나 죽이는 경우가 잦았단다. 옛 사람들은 철마가 호환, 즉 호랑이의 습격을 막아준다고 생각해서 철마를 만들었지.

징코와 검박이의 모험 1
-조선 최초 코끼리의 비밀

◆ 배경
　조선
　세종대왕 집권 초기

◆ 등장인물
　징코 : 파렘방에서 온 코끼리
　검박이(검바위) : 징코의 친구
　해설자 : 극의 처음과 끝, 막간에 극의 내용을 설명해주는 사람

막이 오르기 전

무대 위에는 촉새 같은 젊은 남자가 혼자 떠들고 있다. 호들갑스럽고 경망스러운 분위기로 관객에게 이야기한다.

해설자　어떤 여자가 있어. 맘씨 좋게 생긴 아줌만데, 영국에서 산다구 그러네. 근데 이 아줌마가 좀 이상해. 아줌마에게 괴상한 일이 자꾸 일어나는 거야. 터무니없는 상황에서 자빠지고, 팔목이 부러지고 해

서 무지 병원 출입이 잦은 거야. 그러니 병원에서 유명할 수밖에. 하루는 이 아줌마가 차를 타고 가는데, 무슨 탈이 난 것처럼 차가 털털거리더래. 그래서 아줌마는 차를 도로 옆에 주차시키고 차를 이리저리 살핀 거야. 여기까지는 누가 뭐래? 다 있을 수 있는 일이지. 그런데 말이야. 그 순간 하늘에서 뭐가 떨어져서 아줌마 머리를 탁 치더래. 머리에 피가 나고 또 정신이 아찔해서 영문을 모르고 있는데, 옆에 죽은 오리 한 마리가 있더래. 이게 뭔가 하며, 집어서 잠시 들고 있었대. 그때 근처 공원을 순찰하던 경찰이 자전거를 타고 가다가, 공원의 야생동물을 잡는 것은 불법이라며 벌금을 물리고 그 오리를 가져가버렸대. 그 아줌마의 상처에 대해서는 거들떠보지도 않은 채 말이야. 그 경찰 참 인정머리 없지?

피가 자꾸 나오니까 그 아줌마는 근처 병원으로 갔대. 의사가 왜 이렇게 됐냐고 물어서, 그 아줌마는 선반에 부딪혀서 그렇게 됐다고 거짓말을 했다지? 왜냐고? 창피하니까. 아줌마가 병원에 이런 식으로 치료 받으러 온 것이 뭐 한두 번이라야지. 아줌마가 하도 자주 다쳐서 오니까 사람들이 왜 그랬나 하고 알아봤다나. 그래서 아줌마가 괴이하게 상처를 얻는다는 사연이 알려지게 된 거지. 그렇지 않아도 뭐 진실은 금방 밝혀지는 법 아냐? 아줌마가 어떻게 사고를 당하고 다치는지 병원에 알려져서 금방 유명해졌대. 그 아줌마의 일을 사람들이 수근대며 킥킥거리고 재미있어 한 거지. 거기에 대해 이 아줌마 뭐라고 했는지 알아? 도대체 왜 이런 일이 자신에게 일어나는지 알 수는 없지만, 사람들이 웃고 재미있어 하니 별로 나쁜 일은 아닌 것

같다고 그랬대. 그 아줌마 참 맘 좋지? (말을 마치고 퇴장한다)

1막

무대의 막이 올라가면 거기에 한 남자가 서 있다. 조선 시대 초기의 옷차림을 한 20대 초반의 젊은이다. 상투를 틀지 않은 것으로 보아 총각인데, 하인의 모습을 하고 있다. 침착하고 단정한 분위기를 지니고 있고, 말투가 차분하다. 막이 오르기 전에 까불대던 남자와는 대조적인 분위기다. 그가 관객에게 이야기한다.

검박이   저는 검박이입니다. 검소하게 지내라고 그런 이름을 붙였다고 하는데, 가지고 있는 것이 없으니까 그렇게 하고 싶지 않아도 검소하게 지낼 수밖에 없습니다. 발음이 비슷해서 그런지 점박이라고 부르는 사람이 많아져서 별명이 점박이가 되었습니다. 아이들이 "검박이, 점박이, 검박점박 용용 죽겠지"하면서 놀리기도 하는데, 전 별로 기분 나쁘지 않습니다. 아이들이 놀리면 그냥 픽 웃어줍니다. 그러면 아이들도 재미가 없어서 더 이상 놀리지 않거든요.
제가 일하는 곳은 전라도 순천부 소속으로 역마(驛馬, 조선 시대 교통수단 중 하나로 각 역참에 갖추어 둔 말)를 다루는 곳입니다. 원래는 서울 궁중의 사복시(司僕寺)에서 일했지요. 사복시는 궁중에서 말, 가마, 그리고 목장을 관리하는 관청입니다. 거기에서 말 먹이를 주고, 마장을 청소하며 지냈습니다. 그러다가 상왕(上王, 여기서는 태종 이방원)께서 즉위하신 지 11년째 되던 해에 일이 생겼습니다. 왜나라 사신이 와서 임금께 이상한 짐승을 바친 것입니다. 높이가 10척이 높고 거무스름한 색깔의 짐승인데, 다리가 그야말로 대들보보다 더 크고 두꺼웠습니다. 무엇보다 놀라운 것은 코가 아주 길게 늘어졌다는 점입니다. 그 코는 마치 손처럼 음식을 먹을 때나 물을 마실 때도 사용하고, 무얼 집을 때도 사용합니다. 또 귀는 얼마나 큰지 말도 못합니다. 그것이 양쪽에서 움직일 때는 커다란 부채로 바람을 일으키는 것 같습니다.

사람들은 그 짐승을 코가 길다고 '코길이'라고 불렀습니다. 그리고 저에게는 삼군(三軍)부로 가서 그 짐승에게 여물 먹이고 청소하라는 일이 맡겨졌습니다. 그래서 저는 사복시에서 삼군부로 파견을 나갔고, 그 짐승과 친해지게 되었지요. 제가 부르는 이름은 '코길이'가 아니라, '긴코'였습니다. '긴코, 긴코' 하다가 '깅코'가 되었지요.

깅코와 저는 아주 가까워져서 서로 하는 이야기를 알아들을 수 있었습니다. 하지만 깅코가 자신을 구경하러 온 이 대감을 밟아 죽이는 바람에 깅코는 6개월 동안 전라도에 있는 장도(獐島, 노루섬)에 갇히게 되었지요. 순천에 돌아온 지는 얼마 되지 않았습니다. 삼군부에서 함께 2년 가까이 있다가, 이 대감 사건 때문에 저는 순천으로 쫓겨 왔고, 깅코는 장도에 유배되었던 거지요. 깅코가 돌아온 후 우리는 다시 만난 것을 기뻐했고, 많은 이야기를 나누었습니다. 특히 깅코는 그동안 제가 들어보지 못했던 이야기를 많이 해주었습니다. 지금부터 제가 하는 이야기는 모두 제가 직접 경험한 것입니다.

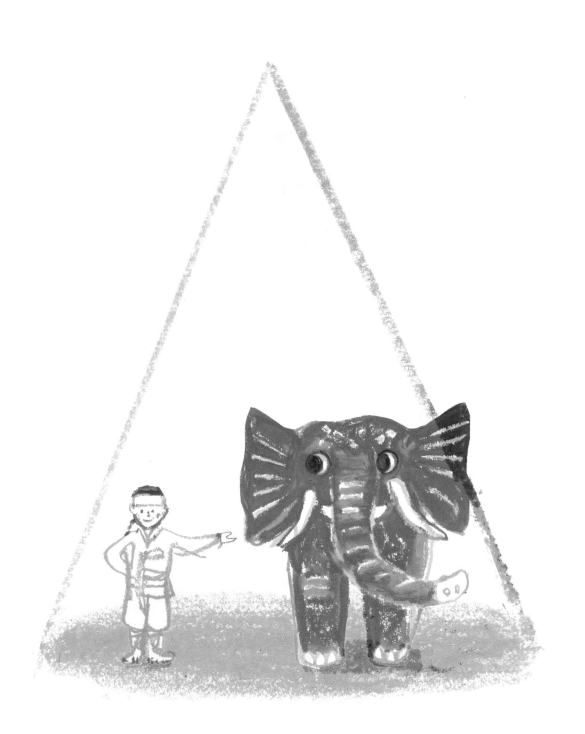

2막

장면이 바뀌어, 전라도 순천부에 위치한 역마장이다. 거기에서 검박이와 깅코가 이야기를 나누고 있다. 오른쪽에는 파발마가 수십 필 보이고, 말들은 여물을 먹고 있다. 깅코가 있는 곳은 말이 있는 곳과는 꽤 떨어진 곳으로 휑한 느낌을 준다. 깅코의 목소리는 저음의 매우 굵은 목소리. 검박이는 맑은 목소리와 꾸밈없이 소박한 태도로 이야기한다.

검박이   그동안 외딴 섬에서 지내기 어려웠지? 하루에 콩을 네댓 말씩 먹던 네가 거기서 도대체 어떻게 견뎠어? 살이 이렇게 빠진 걸 보니 고생을 많이 한 것 같구나.

깅코   노루섬이 얼마나 작은지 잘 알잖아. 옆에 있는 송도의 반밖에 안 되는 섬이야. 봉화산이 있는 묘도에만 갔어도 그렇게 고생은 하지 않았을 거야. 더군다나 그 섬에는 내가 이 대감을 밟아 죽였다고 해서 귀양 간 거니까 사람들이 나한테 잘해줄 리 없지. 게다가 그 섬의 풀들은 억세고 맛이 없었어. 배가 고파서 아무리 먹으려고 해도 삼킬 수가 없었지. 바다풀을 뜯어주는 사람도 있었지만 끈적거리고 이상한 냄새가 나서 가까이 하기도 어려웠어. 게다가 작년 겨울에는 얼마나 춥고 매운바람이 불던지, 정말 내가 태어난 이후 가장 힘들게 지낸 때였어. 그러다가 관찰사가 보낸 사람이 와서 내 모습을 본 거야. 매운바람에 눈물 흘리는 야윈 나를 보고는 불쌍하게 생각한 것 같아.

검박이   그분들이 너를 거기에 그냥 놔두면 죽어버릴 거라고 임금님께 말씀드렸다더라. 주위에서 이야기하는 걸 들었어. 임금님이 5월 초삼일에 너를 육지로 다시 데려오라고 그러셨대. 오늘이 보름이니까 열흘 정도 걸린 거네. 여기 다시 오는 데 말이야.

깅코 응. 오는데도 배가 흔들려서 힘들었어. 난 맹물은 좋아하지만 짠물은 싫어. 짠물은 마실 수도 없고, 또 몸에 닿았다가 마르면 따갑잖아.

검박이 너는 이 대감이 갑자기 그런 행동을 할 거라고 조금이라도 예상했었어? 이 대감이 홀연히 죽어버리고 소란스러워지면서 우리들이 삼군부에서 쫓겨나게 되었잖아. 따로따로 쫓겨나는 바람에 우린 서로 작별 인사도 못 했지. 이 대감은 갑자기 왜 그런 행동을 한 거지?

깅코 나는 그가 그럴 거라고 대충 알고 있었어.

검박이 사람들은 이렇게 생각하더라. 이 대감이 네 소문을 듣고 구경하러 갔다가 네 꼴이 추하다고 조롱하고 침을 뱉었고, 그런 짓을 하는 데 화가 난 네가 이 대감을 밟아 죽였다고 말이야.

깅코 너도 옆에 있었으니까 잘 알 거 아냐. 이 대감은 그런 짓을 할 사람이 아니야. 그렇기는커녕 다른 사람들보다 훨씬 더 관대하지. 그런 사람이 나를 비웃고, 침을 뱉었을까? 사람들이 그가 죽은 까닭을 이해할 수 없으니까 그렇게 말을 하는 것뿐이야. 내가 정말 그 대감을 밟아 죽였다면, 대감 몸이 어찌 그렇게 온전한 모양으로 있었겠어?

검박이 네가 밟아 죽이지 않은 건 나도 알아. 근데 이 대감은 왜 너와 같이 가겠다고 그랬을까? 어디로 가자는 거였지? 네가 아직 그럴 때가 아니라고 대답하니까 갑자기 이 대감의 다리가 꺾이면서 쓰러져버렸어.

깅코 그 대감은 내가 왜 여기에 왔는지 알고 있었어. 내가 파렘방(지금의 인도네시아 팔렘방Palembang을 중심으로 한 지역)에서 먼 바닷길을 거쳐, 그리고 또 일본을 거쳐 어떻게 여기까지 왔는지 말이야. 그는 술수(術數, 천문과 지리 등을 연구해 길흉화복을 예언하는 일) 전문가였잖아. 비록 사람들에게는 그걸 숨겨왔지만 말이야. 그래서 그는 그 추운 12월에 불편한 몸을 이끌고 나를 찾아온 거야. 앞으로 자신에게 남아 있는 날이 얼마 없다는 걸 알고 나에게 부탁하러 온 거지.

검박이   뭘? 뭘 부탁하러 온 거지?

긴코   자기를 데려가 달라는 거였어. 내가 떠날 때 같이 데려가 달라고. 내가 때가 아직 안 되었다고 하니까 대감은 큰 절망에 빠졌어. 그래서 내 다리를 잡고 하소연하다가 기운이 빠져나가서 혼절했고, 곧 숨이 끊어지게 된 거지. 그때 이 대감의 부탁을 생각하면 마음이 편안치 않아. 때가 안 맞아서 그만 그렇게 되었지만……. 너도 차차 알게 될 거야. 내가 '그것을' 찾으면 너에게 알려줄게.

검박이   뭘 찾고 있는데?

긴코   (빙긋 웃으며 아무 말도 없다가 한참 후) 나도 몰라. 하지만 보면 알 수 있어. 그래서 내가 이리저리 돌아다니는 거야. 노루섬에서도 찾아봤는데 없더라. 이제부터 나와 같이 다니면서 그게 이 근처에 있나 찾아보자.

3막

이어서 장면이 바뀌고, 다음과 같은 해설자의 설명이 들려온다.

해설자 그 후, 검박이와 깅코는 6년 8개월 동안 전라도 곳곳을 돌아다녔어. 서기 연도로 따지면 1414년 5월부터 1420년 12월 말까지이지. 이 기간 동안 검박이와 깅코가 겪은 일은 매우 흥미진진한 것이긴 하지만, 이에 대해서는 다음 기회에 이야기해야겠어. 너무 길어서 지금 다 할 수 없으니까. 어쨌든 그동안 그들이 다른 곳으로 갈 생각을 못 했을 정도로 재미있었다는 것만 말하고 싶네. 그럼 그 이야기는 다음 기회로 미루고, 이제 그들이 전라도를 떠나서 경상도를 거쳐 충청도에 갔다는 것부터 얘기해볼까? 그때는 바야흐로 충녕대군이 왕위를 물려받은 지 2년이 지났을 때였어. 검박이와 깅코는 전라도를 벗어나 다른 곳으로 가고자 관찰사에게 부탁을 했지. 관찰사는 그 부탁을 흔쾌히 들어주어 임금님에게 장계를 올렸어. 그들이 경상도와 충청도를 자유롭게 돌아다닐 수 있도록 말야. 지금 남아 있는 『조선왕조실록』에는 이렇게 기록되어 있어.

(전라도 관찰사의 목소리를 흉내내듯 엄숙하고 굵직하게) '코끼리란 유익하게 쓸 곳이 없는 짐승입니다. 지금 도내 네 곳의 지방관에게 돌려가면서 기르라고 했으나 폐해가 적지 않고 도내 백성들만 괴로움을 받게 되니 청컨대 충청, 경상도까지 돌아가면서 기르도록 하소서.'

하지만 사실 이건 말이 안 되는 이야기야. 우리가 생각하는 것보다 그 당시 생활 형편은 풍족했거든. 넓은 도내에서 코끼리 한 마리 기르기 힘들었다는 것을 곧이곧대로 믿는다면 너무나 그 시절 상황을 모르는 소리야. 관찰사가 깅코의 부탁을 들어주기 위해 그런 핑계를 댄 것이지. 어쨌든 임금님이 재가를 해서 검박이와 깅코는 경상도와

충청도를 마음껏 돌아다닐 수 있게 되었어. 그리고 그해 겨울에 킹
코는 충청도 공주(公州)에서 드디어 찾던 것을 발견했지.

겁박이   뭐라고? 찾았다고?

킹코   응, 틀림없어. 보자마자 알았거든.

겁박이   어디에서?

킹코   어제 우리 장례 행렬을 보았잖아? 거기서…….

겁박이   장례 행렬에서?

킹코   응. 그동안 우리는 사람들 많이 모여 있는 데는 잘 안 갔잖아. 아이들
이 우리를 졸졸 따라다녀서 귀찮기도 했고, 사람들 헤치고 걷기도 어
려워서 말이야. 그런데 어제는 어찌 된 일인지, 사람들을 따라가고 싶
더라. 그때, 거기에서 찾았어. 그리고 끝까지 따라가봤지. 맞나 틀리나
확인하러.

겁박이   어디까지 갔는데?

킹코   장지(죽은 사람을 묻는 땅)까지.

겁박이   그랬더니?

킹코   거기서 가는 것을 봤지.

겁박이   가다니? 어디로?

킹코   저기.

겁박이   저기?

킹코   응, 저기…….

겁박이   …….

킹코   넌 여기서 나밖에 못 만나서 우리에 대해 잘 모를 거야. 우리, '코길이'

들이 죽을 때가 되면 반드시 가는 데가 있다는 말, 아직 못 들어봤지?

검박이 응. 처음 듣는데?

깅코 돈독 오른 인간들이 상아(象牙, 코끼리의 위턱에 있는 긴 송곳니) 때문에 우리 무덤을 찾아 헤맨다는 이야기가 파렘방에서는 널리 퍼져 있어서 모르는 사람이 없어. 하지만 우리 무덤이 어떤 곳에 정해져 있는 건 아니야. 우리 코길이들의 여행은 무덤에서 끝나는 것이 아니거든. 오히려 새로운 출발이 있는 곳이지. 그래서 새로운 출발이 있는 곳은 모두 우리의 무덤이 될 수 있는 거야.

검박이 새로운 출발이라니? 도대체 어디로 출발하는 건데? 어떻게 떠나는 거야?

깅코 ("푸하하" 웃음을 터뜨린다) 지금처럼 땅 위에서 움직이는 방식은 아니지. 예컨대 땅속이나 바닷속 깊이 들어가는 것, 아니면 땅 위로 솟아 올라가는 것이지.

검박이 땅속이나 바닷속, 아니면 하늘이라고?

깅코 응, 결국은 같은 거야.

검박이 밑으로 가거나, 위로 가거나 같은 거라고?

깅코 머무는 사람은 땅 위에 있어야 하고, 떠나는 사람은 그걸 벗어나야 하니까. 위든 아래든…….

검박이 위로 올라가는 건 불이고, 아래로 흘러가는 건 물이니까…… 불이나 물처럼 말이야?

깅코 그래 맞았어. 불이나 물처럼 떠나가는 것이지.

검박이 공주 시내에 있는 의원에게 들었는데, 우리가 지상에서 생명을 가지고 있을 때에는 우리 몸의 기운이 불과 물의 방향과는 정반대로 유지되어야 한대.

깅코 그렇지. 여기에 머무를 때, 우리 몸의 상반신은 차갑고, 하반신은 따뜻해야 제대로 된 거지. 거꾸로 되기 시작하면 이제 우리가 왔던 곳으로 돌아갈 때가 왔다는 신호지. 우리 몸이 자연 현상처럼 된다는 것은 우리의 생명을 유지하던 힘이 떨어졌다는 것이고, 돌아가고 싶어한다는 뜻이니까 떠날 준비를 해야지. 나도 사실은 그 준비를 하려고 여기 온 거야. 미리 준비를 해둬야 하니까. 그래서 우리 식구들이 나를 여기로 보낸 거야.

검박이 너희 식구들?

깅코 응.

검박이 어디에 있는데?

깅코 파렘방.

검박이 파렘방 중에서도 어디야?

깅코 슬라웨시 섬이라는 곳에서 또 산속 깊이 들어가야 해. 그러면 따나 또라쟈(Tana Toraja) 마을이 나와. 또라쟈 족 사람들은 우리 방식을 본 따서 장례식을 치러. '론다'라고 해서 동굴 속에다 무덤을 만들지. 젖을 안 떼고 세상을 떠난 아이들의 경우에는 하얀 즙이 나오는 나무 안에 무덤을 만들고. 나무 안에서라도 젖을 많이 먹으라고 그러는 거야. 그곳 사람들은 '통고난'이라고 부르는 집에서 살아. 너희가 집 지붕 위에 짚단이나 기와를 얹는 것처럼 슬라웨시 사람들은 집 위에 푹 패인 그릇 모양의 지붕을 만들어 얹어. 그건 꼭 물 위에 띄우는 배처

럼 생겼어. 그리고 장례식에서도 '통고난' 모양과 똑같이 생긴 들것을 쓰지. 배처럼 생긴 데는 이유가 있어. 사람이 이 세상을 떠나서 다른 세상으로 갈 때 타고 떠나기 위한 거야.

검박이 너도 그 배를 타고 가면 되잖아? 왜 여기까지 다른 것을 찾으러 온 거야?

킹코 문제가 생겼거든. '통고난'은 커다란 배처럼 생겨서 안전은 하지만, 날 아가기에는 좀 불편해.

검박이 날아간다고?

킹코 그래. 우리는 높은 절벽 위에서 그걸 타고 바람에 실려 가는 방식으로 다른 세상으로 이동해왔는데, 알다시피 우리가 좀 무겁잖아. 그래서 실패하는 경우가 점점 늘어났어. 그래서 다른 방식을 찾아 나서게 된 거야. 이 나라에 '통고난'처럼 우리를 다른 세상으로 인도해주는 신기한 것이 있다는 소문을 듣고 여기까지 오게 된 거고. 그리고 나는 마침내 그것을 찾았어.

검박이 그래? 그럼 나도 볼 수 있어? 어디에 있는 거지?

킹코 흠, 내가 누구야! 어디 있는지 내가 자-알 봐두었지. 너희 나라 사람들이 '그것'을 써서 사람들을 다른 세상으로 보내는 걸 말이야. 난 그걸 무덤에서 불태워 날려 보낼 줄 알았어. 그런데 그러지 않고 다시 끌고 와서 마을 어귀에 보관해 두더라? 마을 사람들이 돌아가면서 써야 한다며 말이야. 거기 탔던 이는 벌써 다른 곳으로 여행을 떠나버렸지만…….

검박이 마을 어귀에 있는 거라면…… 혹시 곳집을 말하는 거야?

깅코   응, 마을 경계선에 외따로 있는 집. 그걸 곳집이라고 불러?

검박이   그래. 그럼 네가 말하는 것이 바로 상여구나?

깅코   응, 그 집이 그걸 모셔 두기 위해 있는 거잖아. 그건 바로 우리를 우주 너머로 실어 나르는 것, 우리가 신기한 여행을 할 수 있게 해주는 것이지.

검박이   (손뼉을 치며 환호한다) 야! 이건 정말 신나고 놀라운 일이네!

4막

공주 시내에서 조금 떨어진 곳에 위치한 마을 어귀의 곳집. 검박이가 깨금발을 하고 곳집 속을 보다가 깅코에게 등에 태워 달라고 부탁한다. 깅코와 검박이가 곳집 속의 상여를 보고 있다. 벌써 해는 졌으나, 아직 어둠은 깔리지 않은 어스름한 저녁이다.

검박이   야, 저것 봐. 용이야. 청룡과 황룡이 서로 붙들고 올라가고 있어. 그리고는 옆으로 나뉘어 갈라지잖아. 수평으로 얽혀서 각자 앞, 뒤를 바라보고 있는 용들도 있어. 그리고 저 용 얼굴 좀 봐. 금방 움직일 것 같아!

깅코   응, 꼭 강물 흘러가듯이 몸이 굽이쳐 있지?

검박이   저 네 귀퉁이에 있는 봉황들은 꼭 타오르는 불꽃 같구나. 위로 훨훨 날아오를 것만 같아.

깅코   그래, 용은 물처럼 흐르는 것 같고, 봉황은 불처럼 타오르는 것 같구

나. 정말 그래!

검박이 그리고 저 사람 모양의 꼭두들 좀 봐. 상여 주위를 빙 에워싸고 있어.

깅코 길고 힘든 여행을 하려면 여러 가지 일을 하는 이들이 필요하니까.

검박이 그럼, 저 꼭두들이 다른 세상으로의 여행을 도와주는 거야?

깅코 그렇지, 역할을 분담해서 말이야. 마차를 모는 마부처럼, 가마를 옮기는 가마꾼처럼, 배의 노를 젓는 뱃사공처럼.

검박이 안내하는 꼭두도 있고.

깅코 호위하는 꼭두도 있고.

검박이 시중드는 꼭두가 있다면.

깅코 분위기를 즐겁게 만드는 꼭두도 있구나!

검박이 이런 꼭두와 함께 여행을 하면 정말 걱정이 없겠다. 혹시 시름이 있더라도 다 잊고 유쾌한 여행을 할 수 있을 거야. 더구나 상서롭고 강력한 힘을 지닌 용과 봉황이 같이 있으니 더 말할 나위가 없네.

깅코 (의기양양하게) 그래서 내가 이걸 보고 드디어 찾았다고 한 거야! 너희, 사람들은 이 상여의 진짜 힘을 몰라. 용과 봉황은 괜히 장식되어 있는 것이 아니야. 우리 코길이들은 상여의 진짜 힘을 끌어낼 수 있어.

검박이 그게 어떤 힘이냐?

깅코 하늘을 나는 능력이지. 상여가 새처럼 두둥실 날아올라 세상 저편으로 가는 거야. 용과 봉황은 하늘을 나는 신수들이잖아?

검박이 야! (악수하듯이 깅코의 코를 잡고 환호성을 지른다)

깅코 이야! (해가 져서 어둑해진 저녁의 공기 속으로 둘의 환호성이 퍼져 나간다.)

장면이 깅코가 머무는 여물간으로 옮겨 간다. 여러 마리의 소가 있던 곳으로 제법 공간이 넓다. 검박이의 거처도 거기에서 그리 멀지 않은 곳에 있다. 여물간에 깔아 놓은 볏짚 더미 위에 검박이와 깅코가 나란히 누워 이야기를 하고 있다.

검박이 이제 네가 찾던 걸 발견했는데 어떻게 할 거야?

깅코 응, 이제 곧 떠나야지 뭐.

검박이 뭐라고? 이렇게 빨리?

깅코 응, 너와 재미있게 노느라고 시간을 너무 많이 보냈어. 우리 식구들이 지금 나를 눈 빠지게 기다릴 거야. 나는 저걸 타고 빨리 가야 해.

검박이 안 돼! 너 혼자만 가면 안 돼! 나도 같이 갈래!

깅코 너도 같이 가겠다고?

검박이 그래. 너 혼자만 재미있는 여행을 하겠다는 거야? 친구가 그래도 되는 거야?

깅코 너, 같이 가고 싶다는 게 진심이냐?

검박이 그렇다니까! 그리고 너는 파렘방에서 와서 상여는 처음이잖아? 물론 꼭두가 인도해주겠지만, 그래도 상여를 잘 아는 내가 같이 가는 게 낫지 않을까? 그리고 너 혼자 어떻게 상여를 옮길 건데? 너희 고향의 배는 어떤지 모르지만 상여는 다른 사람이 옮겨주지 않으면 꿈쩍도 하지 않아.

깅코 그래도…….

검박이 게다가 상여가 하늘로 올라가려면 내 도움이 필요할걸. 상여가 날아오르려면 어떻게 해야 하는지 너, 내가 모르는 줄 알지?

깅코   벌써 그것도 눈치 챘어? 정말 놀랍다!

검박이   놀랄 거 없어! 그건 친구가 뭐에 관심을 두고 있는지 잘 살펴보면 자연스럽게 다 알게 되는 거야. 친구 사이에는 그래야 되는 것 아니야?

깅코   (코를 이리저리 흔들면서 재미있어 한다) 그래 우정의 힘으로 네가 알아낸 게 뭐지? (웃으면서 장난기 있는 말투로 말한다) 그럼 이제부터 검박이의 우정이 얼마나 대단한지 검사를 해보겠습니다. 검박이님, 상여가 이륙하는 방법이 무엇인지 말씀해주실 수 있나요?

검박이   (팔을 양 허리춤에 으스대며 과장스럽게 말한다) 두 가지 조건을 갖춰야 합니다. 우선 일정한 박자에 따라 움직여야 합니다. 위와 아래, 왼쪽과 오른쪽 모든 방향에서 일정한 박자의 움직임이 있어야 해요. 그 박자는 너무 빠르지도 않고, 그렇다고 너무 느리지도 않아야 합니다.

깅코   (정말로 놀랍다는 표정을 짓는다) 맞았어! 점박아, 너 대단하구나! 네가 그걸 알아내리라고는 짐작을 못 했다. 그렇지 않아도 그 부분을 어떻게 해결해야 할까 고민이었어.

검박이   그러나 걱정하지 마시라! 상두꾼들이 상여를 지고 나가면 그것은 저절로 해결되는 문제니까. 상두꾼들이 상여를 옮기는 데는 다 이유가 있었어. 우리는 몰랐지만 모든 것이 상여를 이륙시키기 위한, 즉 다른 세계로 여행을 떠나가기 위한 절차였던 거야. 상두꾼이 상여를 메고 걷는 일정 속도, 상하 좌우로 서서히 출렁거리면서 가는 진동 방식이 모두 하늘을 날 준비를 위해 필요한 것이었어. 비록 우리 사람들이 상여의 진정한 힘을 이용하지는 못하지만 본능적으로 상여의 상서로움을 파악하고 있었던 거야. 자, 이쯤 되면 알겠지?

내 도움 없이는 이곳을 결코 떠날 수 없다는 걸?

깅코 너, 좋은 생각이 있어? 네가 가지고 있는 계획은 어떤 건데?

검박이 음, 내가 죽었다고 하고, 상여를 타는 거야. 그리고 생전에 너와 친구처럼 지냈으니 내 상여를 너에게 옮기게 해달라는 유언장을 남겨놓을게. 그럼 너는 저절로 나와 함께 상여 행렬에 참가하게 되겠지.

깅코 그 다음에는?

검박이 이번에는 상여를 곳집에 다시 모셔 가지 않고, 무덤가에서 불태운다고 미리 말해 놓을게. 그리고 태우면 연기가 많이 나는 것을 잔뜩 가지고 가는 거야. 연기가 자욱하게 올라와 사람들이 안개 속에 있는 것처럼 아무것도 볼 수 없을 때 상여와 함께 날아가버리면 돼. 우리가 하늘로 떠나가면, 사람들은 상여가 다 타버렸다고 생각할 테니까.

깅코 연막전술이네?

검박이 후훗, 그런 셈이지.

깅코 내가 네 상여를 메고 가는 그림이 멋있는데? 생전에 자신을 돌봐주던 사람을 못 잊어서 상여를 메고 장지까지 따라가는 코길이의 애처로운 모습! 그러다가 안개처럼 연기가 자욱해지면 재빨리 하늘로 출발! 그럼 되는 거지?

검박이 순조롭게 그렇게 되기를 빌어야지.

깅코 어렵게 생각할 거 없어! 그보다 지금 시급한 문제는 네가 죽는 방식을 어떻게 할 거냐 하는 거지. 너 어떻게 죽는 게 좋으냐?

검박이 다른 좋은 방법이 있어? 이 대감님 때 하던 방식을 쓰는 거지! 네가 늘 하던 방식 아니야?

깅코   아니, 점박이 너, 나에게 그럴 수 있어? 나를 또 죄인으로 만들려는 거야? 그건 안 돼!

점박이   다른 방법이 있으면 말해! 없다면 이야기 끝!

깅코   (어이없다는 표정) 너 참 못됐다.

그러다가 깅코, 점박이, 다 함께 유쾌하게 웃는다. 저녁 어스름 속으로 웃음소리가 끝없이 퍼져 나간다. 그러면서 막이 스스륵 내린다.

막이 내린 후 처음에 나타나 떠들던 해설자가 다시 등장해서 속사포같이 말을 뱉는다.

해설자   영국 아줌마에게는 오리가 저절로 와서 죽고, 깅코에게는 사람이 저절로 와서 죽네. 이거 어떻게 된 거지? 이 대감은 깅코와 함께 여행을 못 떠나게 되어 실망 끝에 깅코 다리 밑에 혼절해서 쓰러진 거고, 점박이는 깅코와 여행을 가기 위해 죽은 시늉을 했다는 것인데, 아니 그렇다면? 오리가 와서 영국 아줌마에게 부딪힌 것도 우연이 아니라는 이야기일 수 있겠는데? 아이고, 이게 복잡해지네! 그럼, 영국 아줌마도 여행을 떠나기 위해 준비하다가 그렇게 되었다는 이야기……인가? 그렇다면 영국 아줌마는 뭘 타고 갔을까? 또 왜 하필 오리지? 까마귀도 있고, 까치도 있는데? 참새도 있지 않나? 아름답기로는 공작을 따라 갈 수 없지. 그 오리가 하늘을 날다가 떨어진 이유는 무엇일까? 아니면 그 오리도 죽은 시늉을 한 걸까? 도대체 뭐가 맞는 거지? 관객 여러분 가운데 아시는 분 있나

117

요? 그럼 제게 알려주세요. 네? 네? 꼭, 알려주실 거죠? 저는 그러

리라고 굳게 믿습니다…….

떠버리 해설자, 도무지 시간 가는 줄도 모르고 계속 떠들고 있다. 차츰 조명이 어두워지고 해

설자의 말소리가 줄어들면서 곧 무대는 완전히 어둠 속에 잠긴다.

다른 나라에 사는 꼭두의 친구들

토용

이 친구의 이름은 '토용'이라고 해. '토우'라고도 하지. 우리와는 달리 흙으로 만들어졌어. 아주 오랜 옛날에는 신분이 높은 사람이 죽으면 가족이나 하인들을 함께 묻는 풍습이 있었대. 옛날에는 다른 세상에서도 이 세상과 똑같은 생활을 한다고 믿었기 때문에, 여기에서 쓰던 모든 것을 그대로 마련해줘야 한다고 생각한 거야. 하지만 살아 있는 사람을 무덤에 묻는 건 너무 잔인한 일이잖아. 지위가 높은 사람 한 명이 죽을 때마다 많은 사람들을 잃어버렸기 때문에 일할 사람이 부족해지는 문제도 있었어. 그래서 나중에는 사람 대신 토용을 무덤에 함께 묻었지. 토용은 종류도 무척 다양해. 무사를 포함해 여러 직업을 가진 사람들, 말이나 소와 같은 동물들, 수레나 그릇 등 생활 도구

©국립경주박물관

진시황릉 병마용

등을 모두 토용으로 만들어 함께 묻었어. 중국에서 특히 많이 발견되고 우리나라에서도 신라 시대의 토용들이 발굴되고 있어.

중국 진시황제의 무덤에 묻힌 토용이 특히 유명한데, 종류가 다양하고 규모가 무척 커서 1974년에 처음 발견된 뒤로 아직도 발굴이 끝나지 않았다고 해.

정령마

갑자기 웬 가지와 오이냐고? 잘 봐, 보통 채소들과 다른 점이 있을 거야. 오이와 가지에 네 개의 나무 막대가 꽂혀 있지? 꼭 다리가 달린 동물 같아 보이지 않니? 바로 맞췄어. 이건 말과 소를 상징하는 장식품이야. 보통 '정령마'라고 불러. 일본에는 8월 15일에 우리나라의 추석과 같은 '오봉'이라는 명절을 지

정령마   천사

내. 그때는 돌아가신 조상들이 이승으로 돌아오는 날이라 해서 제사를 지내고 이렇게 채소로 만든 말과 소를 대문 밖에 장식해. 조상들이 말을 타고 이승에 무사히 도착하기를 염원하는 마음을 담은 거야. 이쪽과 저쪽을 이어준다는 점이 우리 꼭두와 비슷한 것 같아. 말과 소, 두 종류의 동물을 만드는 이유는 올 때는 말을 타고 빨리 와서 갈 때는 소를 타고 천천히 돌아갔으면 하는 바람을 표현한 것이라고 해. 가지와 오이로 만든 말과 소, 참 귀엽지 않니?

천사

기독교 문화가 중심인 서양에서는 사람이 꿈을 꿀 때나 저 세상으로 갈 때 천사의 인도를 받는다고 생각한다지? 그래서 천사의 모양을 상상해 만든 조각상도 많이 있고 말이야. 우리에게도 천사가 있을까? 그래 맞았어. 꼭두가 우리나라의 천사라고 볼 수 있을 거야. 꼭두가 바로 서양의 '천사'와 같은 일을 하고 있기 때문이지.

킹코와 검박이의 모험 2
-한밤중의 여행 계획

◆ 배경
  조선
  세종대왕 집권 초기

◆ 등장인물
  킹코 : 파렘방에서 온 코끼리
  검박이(검바위) : 킹코의 친구
  진이, 순이 : 킹코와 검박이의 친구가 되는 쌍둥이 자매
  해설자 : 극의 처음과 끝, 막간에 극의 내용을 설명해주는 사람

막이 오르기 전

해설자 세종 3년(1421) 3월 14일에 충청도 관찰사는 다음과 같은 장계(보고)를 임금에게 올렸대.

"공주에서 코끼리를 기르던 종이 코끼리에 채여서 죽었습니다. 이 짐승이 나라에 유익한 것은 없고 먹이는 꼴과 콩이 다른 짐승의 열 갑절이나 되어 하루에 쌀 두 말, 콩 한 말씩 먹어댑니다. 1년에 소비되는 쌀이 48섬, 콩이 24섬입니다. 화가 나면 사람을 해치니 바다

섬 가운데 있는 목장에 내놓으소서."

이에 대해 임금은 이렇게 대답했지.

"물과 풀이 좋은 곳을 가려서 내어놓고, 병들어 죽지 말게 하라."

그런데 여기에서 말하고 있는 코끼리가 깅코…… 아닌가? 깅코가 틀림이 없는 것 같지? 그리고 코끼리에 채여서 죽었다는 종은 영락 없는 검박이 아니겠어? 깅코가 섬으로 귀양 가게 되었다면 깅코와 검박이의 계획이 틀어졌다는 뜻일 텐데. 아, 어찌해서 그렇게 된 것일까? 깅코와 검박이가 함께 파렘방으로 떠나기로 한 계획은 이루어지지 못했나봐. 검박이는 정말 깅코에게 채여서 죽은 것일까? 그럼 이제부터 어떻게 된 일인지 알아봐야겠지?

1막

막이 오르면 깅코가 머물고 있는 여물간. 검박이와 깅코가 이야기를 나누고 있다. 검박이가 깅코의 커다란 귀에 가깝게 다가가 있고. 깅코는 다리를 구부리고 자세를 낮춰 검박이와 이야기 나누기에 편한 자세를 잡고 있다.

검박이   상여를 준비하는 게 생각만큼 만만치 않네? 새로 만들려니 돈이 너무 많이 들어. 마을 곳집에 있는 것을 빌려야 할 것 같은데. 언제 상(喪)이 날지 모르니까 마을 사람들이 상여를 우리에게 빌려주려고 하지 않을 거야.

깅코 잠깐이면 돼. 눈 깜짝할 동안에 파렘방에 날아가서 상여 모양을 보여주고 똑같이 만들라고 한 다음에 다시 갖다 놓으면 되니까. 우리에게는 '통고난' 만드는 기술자가 있어서 금방 만들 수 있어.

검박이 전부 걸리는 시간이 어느 정도지?

깅코 오고 가는 시간을 합해서 닷새면 될 거야. 아무리 훌륭한 기술자라도 사흘 정도는 줘야 하니까.

검박이 (이마에 손을 대면서 생각한다) 닷새라. 닷새 동안만 빌리면 되는데…….

깅코 그래 닷새 동안……. 그럼 새로 만든 상여의 성능 시험도 할 겸해서 다시 여기에 올 수 있지.

검박이 (좋은 생각이 났다는 듯 이마를 손바닥으로 친다) 아! 그럼 이렇게 하면 어떨까?

깅코 어떻게?

검박이 곳집을 돌아다녀보는 거야. 상여를 한 번 사용하고 곳집에 넣어 둔 다음에는 사람들이 거기에 잘 가지 않거든. 그래서 꼭두의 색깔이 바래는 것은 물론이고, 간혹 상여가 썩기도 한단 말이야. 그러니 상여가 잘 관리되지 않는 곳집을 물색해서 마을 사람들에게 우리가 수선도 해주고, 잘 관리해주겠다고 말하는 거야. 낡게 되어 쓸 수 없게 된 것은 나무를 깎아 덧대어주고, 바래서 희미하게 된 것은 우리가 새롭게 칠해주겠다고. 길어봐야 여드레 정도 걸릴 거라고 하면 문제 없을 거야. 마을 사람들이 손해 보는 일은 전혀 없잖아? 승낙을 얻으면, 곳간을 걸어 잠그고 상여를 조립하는 거야. 그리고 작업 기간 중에 파렘방에 갔다 오는 거지, 어때?

깅코   (기뻐하며) 와, 그래! 역시 검박이는 머리가 좋아!

검박이   그럼 빨리 행동으로 옮겨야지. 자, 어디에 있는 곳집이 좋은지 알아 보러 가자!

깅코와 검박이가 함께 밖으로 나간다. 신이 난 검박이가 마치 나무줄기에 매달린 것처럼 양 손으로 깅코의 다리를 감고 장난을 치고 있다. 깅코는 코를 둥글게 말아서 하늘로 쳐들면서 검 박이를 다리에 매달고 걸어간다.

2막

며칠 전에 들렀던 공주 외곽 마을의 곳집 안. 창문이 크지 않아서 빛이 많이 들어오지 않는 다. 어둑한 분위기. 분해되어 있는 상여의 부속품이 여기저기에 흩어져 있다. 반면에 여러 가지 모양의 꼭두는 질서 정연하게 모여 있다. 용은 용대로, 봉황은 봉황대로, 사람 꼭두는 사람 꼭 두대로 분류되어 있다.

깅코   검박이, 너 말하는 것도 청산유수더라. 내가 숨어서 다 봤지. 어쩌면 그렇게 사람들을 잘 설득하냐? 내내 감탄하지 않을 수 없었다니까! 공자님이 '교언영색(巧言令色, 교묘한 말과 아첨하는 얼굴)'에 능한 사람 중에 어진 사람을 찾기 힘들다고 말씀하셨는데…….

검박이   (아니라고 손을 사래질 하면서 웃는다) 그건 자기의 진짜 마음과는 다

126

른 말을 지어서 남에게 피해를 줄 때 이야기고. 우리는 남에게 피
해 줄 일이 결코 없을 테니까, 절대 '교언영색'이라고 할 수 없지.

깅코   (같이 웃는다) 그래도 나는 널 안 믿을 거야. 말이 청산유수이고, 검박
이처럼 선량하게 생긴 사람은 믿지 말 것! 그게 나의 지침이야.

검박이   그럼 넌 말이 없고 표독하게 생긴 사람을 믿는다는 이야기야? 네 이
빨을 노리는 사냥꾼이 대개 눈초리가 사납고, 말없이 살금살금 다
가오는 사람들 아냐? 그러다가 깅코, 네 꾀에 네가 넘어가는 법이야.

깅코   흠, 역시 말이 청산유수라서 내가 못 당하겠네. 근데 상여 부속품을
다시 손 봐서 조립하려면 우리 말고 손이 더 필요하지 않아? 꼭두의
색깔도 다시 칠해야 되고 말이야.

검박이   도와줄 사람이 있다면 좋긴 하겠지만……. 지금 도와달라고 청할
사람이 없잖아.

이때, 곳집의 조그만 창문을 통해 안쪽을 보는 두 개의 눈동자가 반짝거린다. 그 눈동자를 눈

치 챈 킹코가 코를 말아 쥐면서 창문 쪽으로 가까이 간다. 깜빡이고 있던 두 개의 눈동자가 놀라서 물러난다. 검박이가 창문으로 보니 열 살 정도의 조그만 여자애 둘이 놀란 표정으로 곳집 벽에 붙어 있다. 창문이 자기 키 보다 높이 있어서 한 애가 목말을 타고 안쪽을 살펴보다가 킹코의 코가 다가오자 놀라서 목말을 풀고 벽에 붙어 있는 것이다.

검박이   (곳집 문에서 나와 애들에게 간다) 너희들 누구니? 혹시 우릴 도깨비라고 생각하는 거 아니지? 우린 아까 마을 어른에게 허락을 맡고 여기에 있는 거야. 한동안 여기에서 일을 할 거란다. 알았지?

아이들은 약간 무섭기도 하지만 호기심을 누르기 어렵다는 표정이다. 말없이 고개만 끄떡인다.

킹코   니네들 이름이 뭐냐?
순이   (아이들 가운데 한 명이 머뭇거리다가 말한다) 이 애는 진이, 나는 순이…….
검박이   (애들을 살펴보다가 놀라면서) 근데 니네들 쌍둥이냐?

순이와 진이, 고개를 끄떡인다.

검박이   야, 쌍둥이가 왔구나! 킹코야, 쌍둥이가 온 것을 보니 우리가 하는 일이 잘 되려나보다! 안 그래?
킹코   (코를 올려 이리저리 흔들면서) 그렇지. 틀림없이 좋은 징조다. 우리가 어떻게 쌍둥이 덕을 보는지 기다려보자!

순이, 진이는 킹코가 말하는 것을 보고 놀라서 벌어진 입을 다물지 못한다. 입에서 침이 흘러도 킹코의 기다란 코가 춤을 추듯 움직이는 것만 쳐다보느라고 닦을 생각도 못한다.

겁박이   순이, 진이야, 너희들 여기에 오면 어른들한테 꾸중 듣지 않냐? 곳
          집은 사람들이 잘 오는 곳이 아니잖아?

순이   (눈은 계속 킹코를 좇으며 대답한다) 어른들은 그래도 우리는 자주 와.

겁박이   너희들이 여기에 자주 온다고?

순이   응, 여기가 우리 놀이터야. 어른들은 몰라.

겁박이   여기 와서 뭐하고 노는데?

진이   우리 장난감이 여기 있어. 장난감을 가지고 놀아.

순이   여기서 놀면 시간이 금방 가.

겁박이   너희들 장난감이 뭔데?

순이, 진이가 곳집 안으로 들어와 꼭두를 가리킨다.

겁박이   꼭두에 먼지가 안 묻어 있어서 왜 그런가 했는데, 너희들이 가지고
          놀아서 그렇구나. 너희와 가장 친한 꼭두는 어떤 거야?

진이   그때마다 달라. 요새 순이는 자기처럼 댕기 머리 한 꼭두가 좋대. 난
          웃고 있는 점박이가 좋아.

킹코   (우하하하!) 뭐 점박이라구? 진이, 너 점박이가 좋다구 그랬냐?

진이   (손으로 가리키며) 응, 저 애가 점박이야.

진이가 가리킨 꼭두를 보니 웃고 있는 남자 아이 꼭두다. 양쪽 볼에 커다란 점이 하나씩 있는데, 주먹이 위아래로 겹쳐 있는 것이 뭔가 쥐고 있는 모습이다.

깅코　(코로 점박이 꼭두를 들어 올린다) 어디 보자, 우리 점박이와 얼마나 닮았는지 보자꾸나.

순이　(검박이를 올려다 보며 말한다) 이 아저씨가 점박이야? 점이 어디 있는데?

깅코　찾기 어렵지? 저 아저씨는 점을 숨겨 놓고 있단다. 그래서 점이 어디 있는지 보기 힘들어.

진이　(검박이를 보면서) 아저씨, 왜 점을 숨겨 놓고 있어? 점이 있는 게 부끄러워? 난 점 있는 게 좋은데.

검박이　깅코가 괜히 그러는 거야. 난 점박이가 아니라 검박이야, 검박이.

진이　그럼 점이 없는 거야?

검박이　얼굴에는 없어. 하지만 등에는 점이 있지. 일곱 개나 있어.

진이　등에 점이 일곱 개 있다구?

검박이　(왼손으로 옷을 잡아당겨서 오른쪽 어깨부터 등에 나 있는 점을 보여준다) 꼭 북두칠성 같지? 등에 북두칠성이 있는 사람은 나중에 큰일을 한다고 했는데 말이야.

순이　그럼 아저씨는 언제 큰일을 할 거야?

깅코　벌써 시작되었지. 순이, 진이야, 우리 지금 큰일을 하고 있단다. 너희가 우리를 좀 도와줄 수 있겠냐?

순이　(당돌한 태도로 말한다) 아저씨가 하는 일이 좋은 일이라면……. 그렇지, 진이야?

진이   (고개를 끄덕이며) 꼭두한테도 좋은 일이야?

검박이, 깅코   (동시에 같이 말한다) 바로 그래. 꼭두에게도 정말 좋은 일이야!

순이, 진이   (동시에 같이 말한다) 그게 뭔데?

검박이, 깅코   꼭두에게 새 옷을 입혀주고 같이 신나게 노는 거야! 꼭두에게 노래하고 춤을 추라고 하는 거야.

순이, 진이   (동시에 같이 말한다) 꼭두가 새 옷을 입고 노래하고 춤을 춘다고?

검박이, 깅코   그래! 그러려면 우리가 꼭두에게 새 옷을 입혀주고 지금 여기 저기 흩어져 있는 꼭두를 원래 자리에 잘 모아 놓아야 하지.

순이, 진이   (신이 난 듯 깡충깡충 발을 구른다) 좋아! 야, 재미있겠다!

검박이, 깅코   그럼 약속하기다. 우리를 도와주기로 말이야!

순이, 진이   우리가 할 수 있는 거라면 뭐든 도와줄게.

검박이   물론 너희가 할 수 있는 거야. 내일 내가 색칠할 것을 구해 올 테니 우리 함께 꼭두를 예쁘게 칠하도록 하자. 그리고 여기에 있는 부속품을 조립하면 되는 거야.

깅코   이건 신나는 놀이야. 꼭두가 춤추고 노래하고, 우리도 그렇게 일하는 거야.

진이   그렇게 놀면 시간이 또 금방 가겠네?

순이   눈 깜짝할 시간일까, 손가락 한 번 퉁길 시간일까, 아니면 숨 한 번 쉴 시간일까?

검박이, 깅코   …….

검박이와 깅코, 순이의 말을 듣고 서로 얼굴을 마주 보며 어리둥절한 표정. 열 살 난 아이의 말치곤 뭔가 색다른 의미를 담고 있는 듯하다. 순이는 이에 아랑곳하지 않고 다시 한 번 깡충깡충 발을 구르며 신이 난 동작을 한다. 진이도 같이 깡충깡충 뛴다.

3막

이틀 뒤 늦은 오후. 곳간에 화려한 상여 한 채가 놓여 있다. 순이와 진이의 도움을 받으며 검박이와 깅코가 이틀 동안 상여와 꼭두를 새롭게 색칠하고 조립하여 만든 것이다. 앞뒤와 꼭대기에 있는 청룡과 황룡은 서로 얽혀서 마치 움직이는 듯하고, 네 귀퉁이의 봉황은 불꽃처럼 하늘로 치솟아 오르는 것 같다. 상여 양편에 여러 가지 모습으로 도열한 사람 꼭두도 생동감으로 넘쳐 상여가 움직이면 그야말로 뛰어나올 듯하다. 그동안 검박이는 공주 감영에 있는 친구들에게 연락하여 상여를 메고 놀 상두꾼들을 물색해두었다. 오고 가는 시간과 파렘방에서 머무는 사흘의 기간을 생각하면 말미는 하루밖에 없다. 하루를 어떻게 효과적으로 쓸 것인가에 관해 검박이와 깅코가 머리를 마주 대고 논의 중이다. 순이와 진이는 새로 단장한 상여를 구경하느라 여념 없다.

검박이   자, 이제 다 조립했으니 메고 나가서 노는 일만 남았지? 친구들에게 밤에 이리로 오라고 통지해야 하니까 나는 이제 시내로 들어갈게. 깅코, 너는 여기서 준비를 하고 있어.

깅코   그래. (순이와 진이를 돌아보며) 저녁밥 먹으러 집에 갈 때까지, 순이와 진이도 나랑 같이 있을 거지?

순이, 진이   (같이 고개를 끄덕인다)

132

검박이 (킹코를 보며) 상여가 날아오르도록 하려면 상두꾼들이 상여를 흔들어줘야 한다는 거지?

킹코 그래. 두 식경(밥 두 번 먹을 정도의 시간이라는 뜻으로 약 1시간 정도) 동안만 규칙적으로 움직이면 돼.

검박이 그럼 자시(子時, 밤 11시~1시)에 시작해서 잠깐 놀면 되겠구나! 여기는 마을과 마을의 경계가 되는 곳이고, 또 우리가 놀 때는 한밤중이니까 마을 사람들의 잠을 깨우지는 않겠지?

순이 그럼 우리가 자고 있을 때 킹코랑 아저씨는 여기서 노는 거야?

검박이 응. 그렇게 되겠네? 너희는 꿈속에서 놀면 되잖아?

진이 (입을 삐쭉이며 중얼거린다) 난 안 잘 거야. 나도 여기에 와서 놀아야지.

순이 나두.

검박이 너희가 한밤중에 여기에 올 거라구? 그럼 안 돼! 어른들이 걱정하실 거야. 너희가 자다가 없어지면 깜짝 놀라실 거야. 우리까지 경칠 거야!

순이, 진이 (입을 다물고 가만히 있는다)

검박이는 공주 시내로 떠나고, 킹코는 빈 상여놀이를 할 때 필요한 준비 작업을 한다. 준비를 마친 다음에 킹코가 쉬려고 하지만 순이, 진이는 킹코에게 쉴 새 없이 질문을 퍼붓는다.

순이 킹코는 오늘 밤에 고향에 가는 거야?

킹코 응. 갔다가 금방 다시 올 거야. 타고 갔던 걸 돌려줘야 하니까.

진이 (상여를 가리키며) 저거 타고 가는 거야?

깅코 응. 타고 가려고 오늘 밤에 노는 거야.

순이 검박이 아저씨하고 같이 가는 거지?

깅코 응. 혼자 가려고 했는데, 검박이 아저씨가 같이 간다고 해서 같이 가게 된 거야.

진이 우리도 따라가면 안 돼?

순이 금방 다시 온다며?

깅코 (코를 빙빙 돌리며) 그건 절대 안 되지. 너희들이 갑자기 사라지면 부모님이 얼마나 상심하시겠냐?

순이 내가 엄마에게 말하면 돼. 잠깐 원족 갔다가 온다구 그럴게.

깅코 (어이없다는 표정) 안 된다니까. 잘못하면 너희 때문에 우리도 못 가게 될 수도 있어.

진이 이따 밤에 와서 보는 것도 안 돼?

깅코 한밤중에? 너희가 없어진 걸 알면 큰 소동이 날 거야. 제발 그러지 마!

순이 (눈을 깜박이며 가만히 있다가 말을 돌리듯이) 근데 저기 깅코가 탈 수 있어? 좁지 않아?

진이 검박이 아저씨도 같이 타야 하구.

깅코 아하, 너희 걱정이 그거였구나? 일단 날기만 하면 금방 가니까 잠깐만 매달려 있으면 돼. 발동이 걸리면 그때 빨리 상여 위에 올라타는 거야. 그럼 손가락 몇 번 퉁길 시간에 고향에 도착할 수 있지.

진이 깅코는 상여 위에 올라가서 가고, 검박이 아저씨는 어떻게 가는 거야?

깅코 저기 밑에 드러눕는 데가 있어. 거기에 납작하게 누워서 가는 거야.

진이 납작하게 눕는다고?

깅코 (장난을 치듯이 과장해서 말한다) 응, 아주 납작하게!

순이 검박이 아저씨가 우리보다 훨씬 뚱뚱한데 어떻게 납작하게 되는 거야?

깅코 (낄낄대며 웃느라고 코에서 _끄릉끄릉_ 거리는 소리가 난다) 그건 말이야, 내가 납작하게 만들면 돼.

순이, 진이 (신기한 듯이 눈이 동그래진다) 어떻게 하는 건데?

깅코 (순이, 진이에게 커다란 발바닥을 보여준다) 내 발바닥이 어떠냐? 아주 크지? 쿵 밟아서 발바닥으로 문지르면 금방 납작해져. 힘을 더 주면 더 납작하게 되고, 좀 더 힘을 주면 더 납작하게 돼서, 나중에는 없어질 수도 있어. 아주 흔적도 없이 사라지는 거야.

순이, 진이 ……. (놀라서 눈이 더 커진다)

깅코 (순이, 진이의 놀라는 모습이 재미있는 듯 크게 웃음을 터뜨린다)

4막

같은 날 한밤중의 곳집. 벌써 검박이는 시내에서 돌아와 빈 상여놀이를 할 친구들을 기다리고 있다. 자시가 가까워 오자 20명에 달하는 친구들이 속속 도착하고 보름달 빛이 환하게 비추는 가운데 빈 상여놀이가 시작된다. 20여 명의 어깨 위에 올려진 상여가 위아래로 출렁거리며 움직인다. 크지는 않지만 맑은 음조로 반복되는 노래 소리는 상여의 동력이 되고 있다.

이때 곳간 근처 덤불 속에 살금살금 허리를 낮추고 와서 초롱초롱한 눈빛으로 빈 상여놀이 하는 것을 보는 아이들이 있다. 바로 순이와 진이다. 좌우와 위아래로 규칙적인 율동을 하고 있는 상여가 보름달 빛을 받아 신비롭다. 순이와 진이는 검박이와 깅코가 어디에 있나 고개를 돌리며 찾고 있다. 하지만 잘 눈에 띄지 않는다. 빈 상여놀이를 시작한 지 두 식경이 지나자 상두꾼의 몸동작은 훨씬 활발해지고, 상여의 출렁거림도 더욱 고조된다.

순이 진이야, 저것 봐. 저 위에 있는 꼭두들이 막 움직이는 것 같지?

진이 응, 용이 이리저리 움직이고, 봉황은 하늘로 날아오르려고 해. 사람

닮은 꼭두들도 달음박질 준비를 하는 것 같아.

순이 근데, 검박이 아저씨는 어디에 있지? 아까부터 찾아도 안 보이네?

진이 그래, 나도 못 찾겠어. 깅코도 안 보이고.

순이 깅코가 벌써 검박이 아저씨를 납작하게 한 거 아닐까? 검박이 아저씨가 납작해지면 우리가 찾을 수 없잖아.

진이 깅코가 커다란 발바닥으로 꽉 밟으면 아주 납작해져서 없어질 수도 있다고 그랬지? 정말 깅코가 그랬을까?

순이 깅코는 자기가 무거우니까 검박이 아저씨는 가볍게 하려고 그랬는지도 몰라. 저 상여를 타고 날아가야 한다고 그랬잖아.

진이 그런데 상여가 어떻게 날아?

순이 그게 궁금해서 우리가 구경 온 거지.

진이 아저씨를 납작하게 만들면 날아올라가기가 좋아?

순이 우리도 물수제비 놀이할 때, 서로 납작한 돌을 찾으려고 하잖아. 그런 돌이라야 잘 날아가니까.

진이 그럼 검박이 아저씨는 납작해져서 저 안에 들어가 있는지도 몰라.

순이 그런 것 같아. 저 안에 드러누워 있을 거야. 얼마나 재미있을까? 사람들이 무등을 태워주는 것 같잖아.

진이 그럼, 우리 가까이 가서 검박이 아저씨가 저 안에 누워 있는지 볼까?

순이와 진이, 덤불에서 나와 빈 상여놀이가 한창 벌어지고 있는 곳으로 향해 가려고 한다. 이때 순이와 진이를 찾는 목소리가 들리고, 곧 부모를 포함하여 마을 사람 여럿이 곳간 주위로 몰려든다.

마을 남자 1 아니, 한밤중에 이게 무슨 도깨비짓이야? 여기서 무슨 일이 벌어지고 있는 거지?

마을 남자 2 정말 기가 막히는군, 기가 막혀!

순이·진이 엄마 순아! 진아! 우리 순이, 진이는 도대체 어디에 있는 거지? 잠을 자고 있어야 할 아이들이 감쪽같이 사라져버렸으니, 정말 귀신이 곡할 노릇이야.

마을 남자 1 (상두꾼을 향하며 묻는다) 이보슈, 당신네들은 사람이요 도깨비요? 야심한데 어찌 우리 마을에서 이런 소동을 벌인단 말이오?

마을 남자 2 여보시오, 조그만 여자애 둘을 여기서 못 보았소? 애들 엄마가 애들 잃어버렸다고 거의 실성할 지경이오.

순이·진이 엄마 갈증이 나서 물을 먹으러 깨어나보니 아이들이 자리에 없잖아요! 아비도 없이 고생고생 키우고 있는데, 이런 해괴한 일이 일어나다니!

빈 상여놀이가 한참 절정에 달해 율동에 몰입해 있다가 갑자기 불청객을 만나 놀이를 중단한 상두꾼들은 거의 넋이 나간 표정으로 서 있다. 마을 사람들이 대답을 채근하는데도 아무도 답변을 하지 않는다.

마을 여자 1 아니 이 사람들이 귀가 먹었나, 아니면 정말 도깨비들인가? 왜 대답이 없어?

마을 여자 2 아무래도 안 되겠네. 허깨비거나 여우가 둔갑한 것인가 보네. 그럴 땐 몽둥이가 제격이지! 이 몽둥이 맛을 봐야 비로소 입을 열겠다 그 말이지?

그러자 얼이 빠진 듯이 서 있던 상두꾼 가운데 하나가 흐르는 땀을 닦으며 겨우 입을 뗀다.

상두꾼 1　우리도 잘 몰라요. 우리는 그저 검박이가 상여놀이를 해달라고 간
　　　　　곡하게 부탁하기에 들어준 것뿐입니다. 그동안 검박이가 우리에게
　　　　　베풀어준 것이 많아서 이번 기회에 보답을 하려고 했을 뿐이에요.

마을 남자 1　검박이? 검박이가 누군데?

상두꾼 2　우리 친구요. 상여놀이를 시작할 때 보고, 우리도 못 봤어요.

이때 순이, 진이가 마을 사람들 앞으로 나온다. 엄마가 아이들을 보고 소리를 지르며 달려가
서 안는다.

순이·진이 엄마　아니, 이것들아! 어디에 있었냐? 내가 너희를 얼마나 찾아
　　　　　　　　헤맸는지 아냐? 아무튼 무사하니 다행이다, 다행이야!

마을 여자 1　순이야, 진이야! 자다 말고 왜 여기에 온 거냐?

마을 남자 1　누가 너희를 여기로 끌고 온 거냐? 그렇다면 어서 말하거라.

마을 남자 2　그런 자가 있다면 우리가 반드시 크게 경을 치게 하겠다. 우리
　　　　　가 있으니 걱정 말고 어서 말하거라.

순이·진이　(자기들 때문에 소동이 일어난 것을 알고 의기소침해진 상태. 머리를
　　　　　숙이고 고개를 가로젓는다) 아냐, 그런 거…….

마을 여자 1　아니라니? 뭐가 아니라는 거냐?

순이   누가 데려온 거 아니라구. 오지 말라구 그랬는데 우리가 온 거야.

마을 남자 1   오지 말라구 그랬다구? 도대체 누가 그랬어?

순이·진이   (이 한밤중의 소란을 벌이고 있는 어른들이 못마땅한 듯, 입이 한 뼘은 나와 있다) …….

마을 여자 2   얘들아, 그게 누구야? 오지 말라구 한 놈이?

순이, 진이가 대답을 하지 않자, 마을 사람들은 아이들 엄마에게 아이들이 대답을 하게 하라고 요구한다. "엄마가 물어봐" "엄마 얘기면 듣겠지" 등등.

순이·진이 엄마   (윽박지르지 않고 부드럽게 묻는다) 얘들아, 그 사람이 누구냐?

진이   킹코…….

순이   (양팔을 활짝 펴면서) 코가 아주 길어, 이만큼 뚱뚱하고.

마을 여자 1   쯧쯧……. 아무래도 아이들이 도깨비에 홀린 모양 같네.

마을 남자 1   그럼 너희들, 검박이라는 놈은 못 봤느냐?

진이   검박이 아저씨는 아까 낮에는 봤는데, 밤에는 못 봤어.

마을 남자 2, 마을 여자 2   낮에는 형체가 있었는데, 밤에는 형체가 없어졌다구? 사람이라면 어떻게 형체가 있다가 없다가 할 수 있느냐? 너희들이 필시 귀신을 본 것이 틀림이 없네!

순이   아니야, 그런 거.

마을 여자 1   아니라면 뭐라는 거야?

마을 남자 1   도깨비나 귀신이 아니라면 어찌하여 지금 나타나지 않는 거냐?

상두꾼 1   (검박이가 귀신이 아니냐는 마을사람들의 말에 문득 정신이 난 듯 끼어
　　　　든다) 검박이가 귀신이라니요? 그럼 우리도 귀신이랍니까?

마을 남자 2   야밤에 귀신이나 할 짓을 하고 있으니 귀신, 도깨비라고 해도
　　　　틀린 말은 아니지!

마을 여자 2   (목청을 한껏 높여 소리친다) 귀신이 아니라면 나와보라고 해! 직
　　　　접 나타나서 아니라고 하면 믿을 거 아냐?

순이   그게 아냐. 검박이 아저씨는 아주 납작해져서 잘 안 보이는 거야!

진이   킹코가 커다란 발로 검박이 아저씨를 눌러서 납작해졌어. 그래야 날
　　　　아가기 좋으니까!

그때, 저쪽 큰 나무 밑에 엎드려 있어서 눈에 띄지 않던 킹코가 벌떡 일어난다.

순이, 진이   킹코다! 저기 있었구나!

순이·진이 엄마   (눈을 동그랗게 뜨고 놀라는 모습) 저 코길이가 발로 사람을
　　　　납작하게 밟았다는 것이냐?

마을 남자 2, 마을 여자 2   코길이가 사람을 밟아 죽였다고?

순이   아니야, 죽인 게 아니라 그냥 납작하게 한 거야. 날아가야 하니까.

진이   (상여 밑을 가리키며) 저기에 드러누워 있을 거야.

마을 여자 1   아이쿠, 코길이가 사람을 밟아 죽였구나!

마을 남자 1   이런 불상사가 있나! 저 코길이는 전라도에서도 사람을 밟아
　　　　죽였다고 하던데…….

상두꾼 1   (놀라서 대화에 끼어든다) 아니, 검박이가 죽었다구요? 그게 무슨

말입니까? 아까만 해도 팔팔하게 살아 있었는데요?

상두꾼 2 (길게 탄식하며) 정말 믿을 수 없는 일이 일어났구나!

상두꾼 1 코길이가 검박이를 밟아 죽였다면 검박이 몸은 지금 어디에 있다
는 겁니까?

상두꾼 2 (진이를 향해) 얘야, 너, 검박이 아저씨가 저 상여 밑에 있을 거라
고 그랬니?

진이 응, 킹코가 아주 세게 밟지만 않았으면 거기에 있을 거야. 세게 밟았
다면 거기에 없을 거고.

긴가민가하며 상여를 살피던 마을 사람들 고개를 가로로 저으며 아무것도 없다고 말한다.

순이 그럼 킹코가 아주 세게 밟은 거야. 그래서 아저씨가 없어진 거야.

마을 남자 1 (상두꾼을 향하여) 검박이라는 당신네 친구는 변을 당한 것 같
소! 듣자 하니 저 코길이는 전라도에서도 사람들 밟아 죽인 경
력이 있는 짐승이오. 저 못된 짐승이 당신네 친구를 밟아서 으
깨 놓고 코로 어디엔가 던져버린 모양이오.

마을 여자 1 우리 마을에 이런 변고가 나다니!

마을 남자 2, 마을 여자 2 해가 밝는 대로 이 살인 사건을 관가에 신고해야 돼!

마을 남자 1 당신네들은 이 변고와는 무관한 것 같으니 빨리 집으로 돌아
가시오. 우리가 댁들은 여기에 오지 않은 것으로 하겠소. 여기
에 연루되어 골치 아프고 싶지 않으면 얼른 돌아가시오.

마을 여자 1 하지만 우선 저 잔인무도한 짐승을 힘을 합해서 묶어야 해. 저

끔찍한 짐승이 여기서 또 무슨 짓을 저지를지 모르니 밧줄로 결박해 놓아야 한다구. 그렇지 않으면 당신네들 여기서 떠날 수 없어. 묶어 놓으면 저 짐승을 밤새 감시하는 건 우리가 알아서 할 것이니…….

풀이 죽은 상두꾼들이 마을 사람의 요구에 응해 밧줄로 깅코를 묶어 큰 느티나무 허리에 꼼짝하지 못하게 만든다. 순이와 진이는 그런 깅코를 보고 눈물을 흘리지만 이미 어쩔 수가 없게 된 형편이다. 순이와 진이는 엄마의 손에 이끌려 집으로 돌아가고 상두꾼들도 서둘러 마을을 벗어난다. 마을은 다시 고요를 찾고, 달빛만이 느티나무에 묶인 깅코 위를 교교하게 비춘다. 마을 사람 둘이 깅코를 감시하며 느티나무 근처에 앉아 있다.

5막

포박되어 공주 감영의 감옥에 갇혀 있는 깅코의 모습. 깅코의 귀양을 허락하는 세종 임금의 교시가 내려오자 충청도 관찰사는 깅코를 장고섬으로 이송하라고 명령한다. 장고섬이라는 이름은 그 지형이 장구를 닮았다고 하여 붙여진 것으로, 낮은 구릉을 제외하면 거의 평지로 이루어진 섬이다. 고대도, 가락도와 함께 안면도 밑에 위치해 있으며, 대천항에서 배를 타고 서쪽으

로 몇 시간을 가야 나온다.

깅코는 움직이지 못하게 다리를 묶이고 커다란 배에 실려서 장고섬으로 옮겨진다. 배가 섬에 도착하고, 깅코가 끌려간 곳은 마을 당산 너머 숲 속. 그 이후, 장고섬에서 깅코의 생활은 대부분 숲에 머물면서 가끔 남쪽 해안에 펼쳐져 있는 당너머 모래밭을 혼자 오고가는 것일 뿐이다. 그 단조로움은 1년 후, 육지에서 초립을 쓴 젊은이가 깅코를 찾아오면서 깨지게 된다. 바로 검박이가 찾아온 것이다. 둘은 나중에 섬사람들이 '코끼리 바위'라고 이름 붙인 곳에서 만나 이야기를 나누고 있다. 검박이가 그렁그렁한 깅코의 커다란 눈가를 어루만지고 있고, 깅코는 긴 코로 검박이 등을 두드리며 오랜만에 만난 서로의 감격을 표현하고 있다.

검박이 고생 많이 했지?

깅코 그 전에 있던 노루섬보다는 여기가 더 좋아. 그때엔 정말 힘들었거든. 바다풀을 먹는 것도 익숙하지 않았구. 좀 쓸쓸해서 그렇지, 그럭저럭 지낼 만해. 그리고 이제 네가 왔잖아!

검박이 마른 것 좀 봐! 마음 고생, 몸 고생이 얼마나 심했겠냐!

깅코 고향으로 막 떠날 순간에 못 가게 되어서 좀 아쉬웠을 뿐이야. 소동 날 때, 네 모습이 안 보여서 걱정도 했고.

검박이 그 당시에 난 동산에 있었어. 상여가 이륙할 장소 말이야. 빈 상여 놀이가 막바지에 있었기 때문에 장소를 확인하고 상두꾼을 인도해 가려고 했지. 거기에서 내려와 보니 벌써 소동이 일어나서 네가 나무에 묶여 있고 마을 사람이 감시하고 있는 거야. 난 그때 어떻게 된 상황인지 잘 몰랐어. 하지만 네가 묶여 있고 상여가 없어진 것을 보고 크게 낙담을 했지.

깅코 내가 너를 밟아 죽였다고 해서 마을 사람들이 나를 묶어 놓은 것을 몰랐구나?

검박이 우리가 허락 없이 상여를 꺼내 밤늦게 시끄럽게 놀았다고 마을 사람들이 화가 난 줄 알았어. 날 죽였다고 해서 그런 줄 알았으면 사람들 앞에 나섰을 텐데……. 하지만 나에게 시급한 건 너를 구하는 일이었으니까, 어떻게든 너를 감시하는 사람이 졸거나 마을로 돌아가기를 숨어서 기다렸지. 그러다가 새벽 동이 트고, 곧바로 네가 감영에 끌려가게 된 거야. 그 다음에는 내가 손을 쓸 수 없었지. 미안하다……. 그렇게 끌려가게 해서…….

깅코 아니야, 너도 같이 잡혀 왔으면 더 절망적이었을 거야. 네가 있어야 내가 희망을 가질 수 있잖아? 언제가 되었든 네가 올 줄 알았어. 네 모습도 1년 사이에 많이 바뀌었네. 상투도 틀고, 초립을 써서 처음에는 넌지 몰랐어!

검박이 (웃으며) 그럴 수밖에! 난 내 모습을 온통 새로이 바꿔야만 했어. 그래서 좀 시간이 걸렸지. 난 이전의 나로 돌아갈 수 없었어. 너 그거 알아? 난 지금 죽은 걸로 되어 있잖아! 난 더 이상 살아 있는 사람이 아니라구!

깅코 많이 혼란스러웠겠구나! 이렇게 살아 있는데, 죽었다고 하니!

검박이 휴, 죽었는데 살아 있다고 하는지도 모르지. 어쩌다 내가 이렇게 되었지? 산 것도 아니고 죽은 것도 아니고 말이야. 나는 어디에도 속해 있지 않아! 너는 이런 기분 알아?

깅코 아직도 많이 혼란스러운 모양이구나? 누구라도 네 처지에 있다면 그렇게 생각할 거야. 하지만 이렇게 생각해보면 어떨까?

검박이 어떻게?

깅코 너는 양쪽 어디에도 속해 있지 않은 것이 아니라, 양쪽 모두에 속해 있는 거야. 너는 양쪽을 오고 갈 수 있고, 양쪽에 관여할 수 있어. 이럴 수 있는 경우는 흔치 않은 거야. 그러니 너의 영역이 더 넓어진 거지. 더 재미있는 일이 많아진 거야!

검박이 더 재미있게 됐다구?

깅코 물론이지. 그러니 우선 네 이름부터 바꿔. 검박이란 이름은 이제 사라졌으니까. 그리고 상여를 타고 파렘방에 가겠다고 할 때 네가 보여주었던 그 쾌활한 기분을 되찾아야 해!

검박이 흠. 이름을 바꾸고, 여행할 때의 기분을 되살리라…….

깅코 지금은 네가 한쪽에만 있던 때와는 달라야 하니까 이름도 네가 양쪽 모두에 속해 있다는 뜻이 들어가 있는 게 좋잖아?

검박이 혹시 좋은 이름 떠오른 거 있어?

깅코 검바위! 검바위 어때?

검박이 검바위라면 검은 바위?

깅코 응. 여기 모래밭이 조금 거무스름하지? 원래 검바위에서 나온 거야. 그리고 우리 코길이를 닮은 저 바위도 검은 색이잖아? 그 이름은 지금 이곳과 잘 어울려. 저 검은 바위는 이 세상 것만은 아닌 것 같은 분위기가 있어. 뭔가 신비로운 분위기. 모든 게 그 안에서 나오고 또 나중에는 그 안으로 들어가는 거 같은…….

검박이 그래? 검바위, 좋아! 지금부터 날 검바위라고 불러. 그리고 우리 다시 여행 계획 세우는 거야. 실은 여기에 와서 너와 그걸 의논하고 싶었어.

둘은 벌떡 일어나서 신나게 고함을 지른다. 깅코는 코를 하늘로 막 흔들며 부웅부웅하는 소리를 내고 검박이는 깡충거리며 모래밭 위를 뛰어오른다. 깅코와 검박이의 외침 소리가 자못 크게 주변에 울려 퍼진다.

깅코 (장난기 어린 어조) 하하하! 검바위 님, 장고섬에 온 것을 환영합니다!

검바위 (그러자 검박이, 아니 검바위도 함박웃음을 띠며 일어나서 깅코에게 고개 숙여 절을 한다) 깅코 님, 환영해주셔서 감사합니다. 그럼 이제 어떻게 다시 파렘방으로 돌아갈지 논의해보실까요?

깅코 (역시 고개를 숙여 답례한다) 네, 그러시지요. 그러나 오늘은 검바위 님이 몇 시간 동안이나 배를 타고 오시느라고 고생하셨을 터이니 일단

여독을 푸시고, 내일부터 의논하시지요.

검바위　좋습니다. 전적으로 동의합니다!

깅코와 검바위의 웃음소리가 모래밭 위에 퍼지고, 앞에 보이는 명장섬에서는 해가 바닷 속으로 떨어지고 있다. 다음 날 일어나자마자 깅코와 검바위는 모래밭에서 앞으로의 일정에 관해 이야기한다.

검바위　어제는 내가 미처 이야기하지 못한 게 있어.

깅코　뭔데?

검바위　순이와 진이에 관한 이야기.

깅코　(벌써 얼굴에 웃음이 돈다) 아, 쌍둥이 아씨들?

검바위　너, 순이와 진이가 밉지 않아? 걔들 때문에 귀양 오게 되었다고 말이야. 걔들이 네가 날 밟아서 납작하게 만들었다고 하는 바람에 사단이 난 거잖아.

깅코　후하핫. 걔들 생각할수록 귀여워! 그 이야긴 내가 장난으로 해준 것이거든. 내 이야기를 믿었을 뿐인데 귀여운 아씨들을 미워할 수 있나? 그럴 수는 없지!

검바위　여기 오기 바로 전에 만났는데, 자기들 때문에 네가 귀양 가서 고생한다고 눈물을 주룩주룩 흘리는 거야.

깅코　쯧쯧……. 오히려 나 때문에 걔들이 걱정 많았겠구나.

검바위　우리가 그 애들 처음 보았을 때 그랬잖아? 쌍둥이를 만난 게 좋은 징조라고. 일이 잘 풀릴 것 같다구 말이야. 그걸 기억하고는 그 애

들이 내게 말하더라고. 그러기는커녕 자기들 때문에 우리 일을 망
쳤다구. 그래서 미안하다구…….

킹코 (감동을 받은 듯) 에구구! 귀여운 아씨들. 이를 어쩌면 좋지?

검바위 내가 너를 만나러 간다고 하니까, 쌍둥이들이 난리가 났어. 자기들
도 같이 가겠다구 말이야. 그래서 내가 이번에는 내가 혼자 가서
알아보고, 다음번에 올 때 같이 가지고 약조할 수밖에 없었지.

킹코 열 살 정도 아이를 섬에 데려오는 게 쉬운 일이 아닌데. 게다가 그 애
들 엄마가 허락하겠어?

검바위 나도 그렇게 말했지. 그랬더니 엄마 허락은 자기들에게 맡겨 달래.
그리고 이 섬에 와서 너를 만나는 건 사람으로서 당연히 해야 할
도리이므로, 내가 막을 수는 없다고 말하더라. 그렇게 말할 때에 쌍
둥이의 표정을 네가 봤어야 하는데…….

킹코 어땠는데?

검바위 당돌하다기보다 알 수 없는 위엄이 있었어. 단호하게 말을 하면서도
억지를 부리는 것이 아니라, 신비로운 힘이 감도는 그런 분위기였지.

킹코 흠……. 그렇다면 한번 만나봐야겠네.

검바위 그래. 당장 육지에 갈 것은 아니니 우선 우리의 새로운 계획에 대해
이야기를 하는 게 좋겠다.

킹코 그래. 섬은 육지와 여러모로 다르니, 새로운 여행 계획이 필요하지. 자,
그럼 시작!

킹코와 검바위는 상여를 새로 만들어서 파렘방으로 날아갈 계획을 세우느라고 머리를 맞대

고 끊임없이 이야기한다. 끙끙대고 의논을 하는 데 몰두하여 그들은 시간이 얼마나 빨리 흐르는지도 모른다. 보름 후에 깅코와 검바위는 새로운 여행 계획에 합의하고, 곧장 실행으로 옮긴다. 검바위는 다시 육지를 향해 떠난다. 그는 배 위에서 해가 바다로 떨어지며 만들어 놓은 붉은 저녁놀을 유심히 바라보고 있다.

꼭두가 주인공인 전통 놀이, 꼭두각시놀음

꼭두라는 말은 낯설어도 '꼭두각시'라는 말은 들어본 친구들이 많을 거야. 나무로 만든 조각을 꼭두라 부른다고 그랬지? 꼭두각시는 말 그대로 '각시 모양의 꼭두'를 뜻해. 각시는 예쁜 여자를 가리켜. 아름다운 꼭두각시가 꼭두를 대표하게 된 것이지.

'꼭두각시놀음'은 꼭두를 활용한 꼭두극 중 하나야. 꼭두의 몸에 긴 대나무 막대를 붙여 꼭두를 조종하는데, 꼭두를 조종하는 사람을 대잡이라고 해. 대잡이들은 천이나 나무판 등으로 속이 보이지 않도록 한 무대 안에 몸을 숨기고, 꼭두를 조종하면서 재미있는 극을 진행하지. 그래서 남들이 하는 대로 휘둘리는 줏대 없는 사람을 빗대 '꼭두각시'라고 부르기도 하는데, 만일 꼭두가 듣는다면 그리 좋아하지는 않겠지?

'꼭두각시놀음'은 남편인 박첨지와 그의 부인인 꼭두각시의 해학적인 다툼이 주 내용이야. 지역에 따라서는 '박첨지놀음'이라고도 불러. 이 놀음이 널리 알

려져 인기를 얻으면서 '꼭두각시'라는 말이 유명해졌지.

놀음 속에서 박첨지와 꼭두각시는 부부 사이야. 하지만 박첨지가 다른 여자에게 빠져서 그 여자를 첩으로 삼고 재산을 모두 첩에게만 주려고 하자 꼭두각시는 화가 난 나머지 남편과 크게 싸우고 아예 집을 나와 금강산으로 들어가버려. 이 이야기는 조선 시대의 일부다처제(한 남자가 여러 여자와 결혼하는 제도)와 남성 중심 사회를 비판하고 있지. 남편의 부당한 행동에 순종하기보다는 차라리 집을 나와 금강산으로 떠나버린 꼭두각시는 분명한 자기중심을 가지고 있어. '꼭두각시'라는 말에서 줏대 없고 수동적인 것을 떠올리는 사람들은 이와 같이 단호한 모습의 꼭두각시를 봐야 할 것이라고 생각해.

'꼭두각시놀음'은 주로 남사당패가 공연했어. 남사당패는 조선 후기에 전국

장터와 마을을 이곳저곳 떠돌아다니며 춤과 노래, 곡예 등을 공연했던 연예인 집단이야. 요즘은 연예인이 모두의 선망을 받고 있지만, 유교 질서가 엄격했던 조선 시대에 연예인은 사회 하류층이었어.

하지만 사회에서 가장 천대 받았기 때문에 당시의 연예인들은 더더욱 억압받는 백성들의 입장에서 울분을 풀어주는 공연을 할 수 있었어. '꼭두각시놀음'은 물론이고 다른 꼭두극이나 각종 탈춤들에는 약자를 괴롭히던 남성, 양반 등 기득권층과 승려의 위선적인 측면을 신랄하게 비판하는 내용이 담겨 있지. 사람들은 사당패의 공연을 보면서 자신의 분노와 슬픔을 풀고자 했어.

우리 꼭두는 이 세상을 떠나 새로운 세상으로 가는 이를 안내하고 위로하는 일을 하면서 이처럼 살아 있는 사람의 울분과 슬픔을 위로하고 즐겁게 만드는 일을 하기도 한 것이지.

또 우리는 사회의 가장 아래에 있는 남사당패부터 높은 양반까지 모두를 아우르고 연결시키는 일을 했다고도 볼 수 있어.

요즘에는 세상이 바뀌어 조선 시대보다 훨씬 살기가 편리해졌다고 하지만 사람들 마음속은 더 어지러워진 것 같아. 주위를 둘러보면 사람들이 오히려 더 커다란 괴로움과 분노, 슬픔을 짊어지고 사는 것 같지 않아? 그런데 요즘은 누가 그런 사람들을 위로해주니? 그러라고 있는 종교조차 우리를 더 걱정스럽게 만드는 형편이니 말이야.

이럴 때 바로 우리 꼭두가 나서야 하는 것이 아닐까? 지치고 힘들어하는 이들의 손을 잡고 같이 하는 게 우리 일이니까. 우리는 언제든 움직일 채비가 되어 있어. 그럼 먼저 한바탕 놀아보는 건 어떨까? 한숨 쉬면서 슬픈 표정 짓는 건 우리와 맞지 않아. 우리는 늘 움직이면서 설렘 속에서 지내고 있으니까 말이야. 움직이는 것은 사람들도 마찬가지지. 사람은 태어나기 전에도, 태어나서도 항상 앞으로 나아가고 있으니까.

그러니 이제 우리와 함께 출발하자. 새로운 꼭두극을 한번 만들어보는 것도 좋고, 또 그동안 못 가본 낯선 곳에 여행을 떠나도 좋아! 자, 출발!

깅코와 검박이의 모험 3
-새로운 날틀, 등장하다!

◈ 배경
    조선
    세종대왕 집권 초기

◈ 등장인물
    깅코 : 파렘방에서 온 코끼리
    검박이(검바위) : 깅코의 친구
    진이, 순이 : 깅코와 검박이의 친구가 되는 쌍둥이 자매
    미루 : 2부의 배경인 곳집에 있던 용 꼭두
    복이 : 2부의 배경인 곳집에 있던 거북 꼭두
    해설자 : 극의 처음과 끝, 막간에 극의 내용을 설명해주는 사람

막이 오르기 전

해설자 서해안에 가본 적 있어? 서해에는 동해나 남해와는 달리 너른 갯벌
이 있고 밀물과 썰물이 두드러지게 교대하는 모습을 볼 수 있지. 갯
벌에는 정말 수많은 바다 생물이 살고 있어. 가장 대표적인 갯벌 생
물이 조개야. 조개가 움직이는 모습을 보면 참 재미있어. "뿡뿡"거
리며 몸 바깥으로 물을 뿜으면서 다니니까. 꼭 조그만 둥근 비행선

이 움직이는 것 같단 말야. 그런데 조개가 왜 그런 식으로 움직이는지 혹시 알아?

밀물과 썰물이 번갈아가며 해안가에 들어왔다가 나가는 것도 참 신기하지. 학교에서는 지구와 달이 멀어졌다가 가까워졌다가 하며 서로를 끌어당겨서 그런 현상이 일어난다고 가르쳐주지?

하지만 그걸 다르게 설명하는 방식도 있어. 조개가 "뽕뽕"거리는 것은 그 안에 다른 생명체가 살고 있기 때문이고, 밀물과 썰물이 생기는 것은 누군가가 숨을 들이마시고 내뿜기 때문이라는 식으로 말이야. 놀랍지 않아? 이 설명대로라면, 조개 안에 살고 있는 생명체는 무엇일까? 그리고 누가 숨을 쉬고 있기에 엄청난 바닷물이 들고 나는 것일까? 궁금하지 않아? 아, 궁금해서 몸이 배배 꼬일 정도라고? 자, 그럼 우리 함께 그 궁금증을 풀어보아야겠지?

1막

배 위에 초립을 쓴 젊은이가 서서 뉘엿뉘엿 지고 있는 해를 보고 있다. 배가 대천항을 떠난 지 두 시간이 훨씬 넘었다. 이 배가 삽시도를 거쳐 장고섬에 들어갔다가 다시 대천항으로 들어가면 늦은 밤이 될 것이다. 배 안의 사람들은 모두 아름답기로 유명한 이곳의 일몰 풍경을 바라보고 있다. 말없이 붉은 해가 바다 속으로 빠져드는 것을 보고 있는 젊은이가 보인다. 옆에서는 봇짐을 지고 가쁜한 차림을 한 두 동자가 일몰에 눈을 빼앗기고 있다. 장고섬에 배가 도착하자, 이미 날은 완연히 어두워졌다. 초립을 쓴 젊은이가 두 동자를 데리고 묵을 곳을 향해 서둘러 발걸음을 옮긴다. 두 다경이 지나자, 그들은 당산을 넘어 당너머 모래밭에 다다르고, 곧 숲에 도착한다. 거기에 도착하기 위해 하루 종일 애쓴 그들은 검바위와 쌍둥이, 바로 순이와 진이다.

검바위 드디어 도착했구나! 여기가 깅코가 사는 숲이야. 저기 바닷가 앞에 있는 바위, 잘 보여? 어두워서 흐릿하지만, 저게 바로 코끼리 바위야. 깅코가 매일 바라본다고 해서 내가 지은 이름이야. 저 바위, 깅코를 닮지 않았어?

순이 야, 정말 깅코와 똑같이 생겼네. 그렇지?

진이 응, 근데 여기는 참 조용하구나.

순이 깅코가 혼자서 여기에 살고 있다니!

진이 혼자 있으면 좀 쓸쓸하겠지?

순이 깅코가 여기에서 혼자 고생하는 걸 생각하면……. 우리 때문에…….

진이 깅코가 검박이 아저씨 납작하게 한 이야기를 우리가 안 했더라면 깅코가 이 고생을 안 해도 됐을 텐데…….

검바위 얘들아, 내 이름은 이제 검박이가 아니라 검바위야. 검박이 시대가 가고 검바위 시대가 온 거야. 그리고 깅코가 귀양 왔다고 너희를 탓할 필요는 없어. 깅코는 씩씩하게 잘 지내고 있으니까! 그건 너희가 곧 확인하게 될 거야.

검바위가 말하자마자, 어둠 속에서 "쿵, 쿵, 쿵" 하고 외치며 커다란 발걸음 소리가 들린다. 그리고 점차 육중한 몸체가 나타나 검바위와 순이, 진이 쪽으로 다가온다. 바로 깅코다.

순이, 진이가 "야, 깅코다!" 하면서 두 손을 치켜들고 반갑게 앞으로 뛰어나간다. 순이와 진이는 반가움에 각각 깅코의 좌우 앞다리를 와락 끌어안고 눈물을 뚝뚝 흘린다. 깅코는 코를 말아 쥐고 순이와 진이의 어깨를 가볍게 두드린다. 검바위는 미소를 띠고 셋의 만남을 지켜본다.

순이   깅코야, 그동안 고생 많았지?

진이   미안해, 우리 때문에 고생해서.

깅코   고생은 무슨 고생? 나는 여기서 잘 지내고 있잖아.

순이   우리 아니었으면 고향에 벌써 갔을 거 아냐?

진이   우리 욕 많이 했지? 우리 때문에 고향에 못 간 너를 생각하면서 너무 마음이 아팠어.

순이   그래서 그동안 진이랑 나는 널 만나는 일만 생각했어. 우리가 힘을 합해서 어떻게든 널 고향에 보내주겠다고 결심했어.

검바위   (목소리를 과장해서 말한다) 그리고 새로 태어나 이름도 새롭게 바뀐 나, 검바위도 그 일을 함께하기로 했고!

깅코   (잠시 말없이 있다가 말한다) 아, 너희들 때문에 나 감동 받으려고 한다! 우리 코길이는 감동을 받으면 이런 소리를 내.

깅코는 코를 올리고 "부웅부웅" 소리를 낸다. 그 소리가 밤의 해변가에 울려 퍼지자, 울먹이던 순이, 진이의 얼굴이 금방 활짝 펴진다. 순이와 진이 그리고 검바위가 함께 그 소리를 따라, 입을 모아 "부웅부웅" 소리를 낸다. 그러다가 서로의 모습을 보며 깔깔대고 웃는다. 그 웃음소리가 코끼리 바위에 닿을 듯하다.

2막

순이와 진이는 아침에 눈을 뜨자마자 킹코의 집으로 가서 아직 잠들어 있는 킹코의 옆에 앉아 있다. 곧 킹코가 코를 흔들면서 잠에서 깨고, 검바위도 도착해 네 명이 모인다.

진이   지금 해변 길을 걸어왔는데, 여기 풍경이 너무나 아름다워!

순이   그래, 탁 트인 수평선이 내 마음을 활짝 열어주는 것 같아. 하늘에 떠 있는 해가 없다면 하늘과 바다가 구분되지 않겠어.

진이   그리고 해안가에 활짝 피어 있는 해당화 냄새. 꽃향기가 마치 나를 따라다니는 것 같아. 어떻게 이다지 은은하게 향기로울 수가 있을까?

순이   파도 소리도 그래. 파도 소리가 우리 속에 들어와 있는 것 같지 않아? 난 숨 쉴 때마다 파도치는 소리가 들리는 것 같아. 파도 소리에 따라 저절로 숨을 쉬게 돼!

검바위   순이와 진이는 완전히 여기와 하나가 된 것 같다. 해당화 냄새, 파도 소리, 그리고 수평선 풍경과 하나가 되었다면 여기에서 진이와 순이에게 부족한 것은 하나도 없겠구나.

진이   (팔짝 뛰어 킹코 옆으로 가서 킹코를 끌어안는다) 아니야, 킹코가 옆에 있어야지!

순이   (얼른 진이의 맞은편으로 가서 역시 킹코를 안는다) 그래, 맞았어. 킹코가 옆에 없다면 아무 소용이 없지!

진이와 순이가 양옆에서 자신을 안아주자 킹코는 감동을 받은 듯 한동안 말이 없다. 잠에서 깨자마자 우정 어린 환대를 받고 깅코는 행복한 표정을 짓는다.

검바위   흠. 그래도…… 뭐 하나는 부족한 것 같은데?

순이, 진이, 깅코   (약간은 불만스럽다는 표정을 지으며 동시에 묻는다) 그게 뭔데? 우리에게 지금 뭐가 부족하다는 거야?

검바위   그건 말이지…….

순이, 진이, 깅코   그건?

검바위   (뜸을 들인다) 그건 말이지, 바로 지금 우리가 배가 고프다는 거야.

순이, 진이, 깅코   (함께 동시에 말한다) 아하, 그거!

검바위   우리의 눈과 코, 그리고 귀와 손이 즐거워도 우리의 혀가 그렇지 않다면 커다란 문제가 아닐까?

순이, 진이, 깅코   (함께 동시에 말한다) 아무렴, 그건 그렇지!

검바위   그렇다면 이제 우리의 혀를 위해 같이 아침을 드시는 것이 어떨까요?

순이, 진이, 깅코   (함께 동시에 말한다) 좋지요!

순이와 진이는 자기들의 짐 보따리에서 먹을 것을 꺼내는데 주먹밥과 감자다. 순이와 진이는 자기들 먹을 것을 꺼내 놓고 깅코를 바라본다.

순이   깅코는 아침에 뭘 먹지? 내것을 좀 줄까?

진이   (찐 감자 하나를 깅코에게 내민다) 깅코야, 나하고 같이 먹자!

검바위   (깅코와 순이, 진이를 번갈아보며 웃는다) 깅코가 감자를 먹는다면 한 끼에 열 포대는 먹어야 할걸?

순이와 진이는 놀라서 벌린 입을 다물지 못한다. 그런 모습을 본 깅코가 콧소리를 킁킁대며 웃는다.

깅코 난 많이 먹어야 해. 풀도 먹고 나무껍질, 나무뿌리 모두 다 먹어야 하지. 먹을 게 부족하면 가끔 해초도 먹고.

진이 깅코가 못 먹는 것도 있어?

깅코 물론이지. 난 못 먹는 게 많아.

검바위 (끼어들며 설명해준다) 깅코는 머리가 아래쪽을 향하고 있는 것만 먹어. 머리가 위쪽을 향하고 있는 것은 절대 먹지 않지!

순이 머리가 아래쪽을 향한다는 게 무슨 뜻이야?

검바위 우리 머리는 위쪽을 향해 있는 거야, 아니면 아래쪽을 향해 있는 거야?

순이 우리 머리는 위쪽을 향해 있는 거겠지?

검바위 그렇지. 그러니까 깅코는 우리를 먹지 않는 거야.

진이 머리가 아래쪽에 있는 게 뭐야?

검바위 머리가 위쪽에 있는 것은 자기가 움직여서 이동할 수 있어. 반면에 머리가 아래쪽에 있는 건 움직일 수가 없지. 땅속에 머리가 있으니까 스스로 옮겨 다닐 수 없는 거야.

진이 사람이나 짐승은 머리가 위쪽에 있는 거고, 풀이나 나무는 머리가 아래쪽에 있는 거네?

검바위 바로 그렇지.

순이 그런데 깅코는 왜 그렇게 많이 먹어야 해?

깅코   (계면쩍다는 듯이 콧소리를 내며 코를 말아 쥐고 자신의 몸을 가리킨다) 몸
　　　　집이 있으니까.

검바위   그것도 그렇고……. 깅코는 깅코 혼자만을 위해 살고 있는 게 아냐.

순이, 진이   (놀라며) 깅코가 누구랑 같이 살고 있는 거야?

검바위   (모두가 자기의 말에 흥미를 보이고 있다는 걸 알고 또 뜸을 들인다) 그게
　　　　말이지…….

순이, 진이, 깅코   그건?

검바위   풍뎅이야!

순이, 진이   풍뎅이?

검바위   응, 풍뎅이. 이 섬의 풍뎅이는 이제 깅코 없으면 살기 힘들 거야. 다
　　　　른 섬 풍뎅이들도 깅코 때문에 이 장고섬에 살려고 날아왔다구!

깅코   왜 풍뎅이가 나 때문에 여기로 왔다는 거야?

검바위   너의 똥 때문이지!

순이, 진이   (놀라며) 깅코 똥 때문이라구?

검바위   그래. 놀랄 일도 아니야. 풍뎅이는 소나 말의 똥도 찾아다니니까. 그런데 깅코 똥은 소나 말의 똥에 비하면 어마어마하게 많으니 여기가 풍뎅이의 천국이지 않겠어?

순이   그럼 깅코가 많이 먹는 것은 풍뎅이를 위한 것이기도 하다는 거야?

검바위   말하자면 그래. 깅코가 없으면 이 섬의 풍뎅이도 살아갈 길이 막막해져버릴 테니까.

진이   깅코 혼자 외로운 것보다는 풍뎅이랑 같이 있는 게 훨씬 좋을 것 같다.

순이   깅코도 좋고, 풍뎅이도 좋아. 깅코는 쓸쓸하지 않아서 좋고, 풍뎅이는 자기들 천국을 찾아서 좋은 거지.

진이   자기도 모르게 남에게 좋은 일 하는 것이니 좋은 거잖아?

깅코   응, 풍뎅이가 내 똥을 천국처럼 여긴다니 그리 나쁠 게 없네.

순이   깅코는 좋겠다. 여기는 경치 좋지, 파도 소리가 마음 편하게 하지, 꽃 냄새 그윽하지, 또 먹을 것도 부족하지 않지, 게다가 깅코 덕분에 편히 살고 있는 목숨도 있으니…….

검바위   게다가 순이, 진이까지 여기에 왔잖아.

깅코   듣고 보니 여기 사는 게 나쁘지 않네.

진이   그럼 파렘방에 가지 말고, 여기에서 우리랑 같이 살면 안 돼?

순이   깅코야, 우리 여기에서 같이 살자!

진이   그럼 우리 엄마도 여기에 모시고 와서 모두 같이 살자구 그럴 테니!

164

깅코, 순이와 진이의 느닷없는 제안에 금방 대답을 못 하고 있다. 깅코의 마음을 헤아린 검바위가 나서서 순이와 진이에게 말한다.

검바위   틀림없이 깅코도 그러고 싶을 거야. 하지만 파렘방에는 가야 해.

순이   파렘방이 고향이라서?

검바위   파렘방이 고향이기 때문만은 아니야. 고향이 뭐 별 건 아니잖아. 마음이 머물면 고향이니까. 여기에 머물러 살면 여기가 고향이 되는 거지.

진이   그럼 파렘방에는 왜 꼭 가야 해?

검바위   약속을 했으니까. 약속은 지켜야 하니까!

순이   누구와 약속했는데?

깅코   파렘방의 마을 사람들과 약속했어. 돌아간다고.

검바위   약속은 어길 수 없잖아? 순이, 진이도 약속은 꼭 지키지?

순이와 진이, 어쩔 수 없이 고개를 끄덕거린다.

검바위   약속을 할 때는 서로 약속을 지킬 거라고 믿는 거야. 그 믿음을 통해서 이전에는 없었던 것이 약속한 이들 사이에 생겨나는 거지.

순이   그게 뭔데?

검바위   연결. 약속한 이들의 마음이 단단하게 연결돼.

진이   그렇게 연결되면 뭐가 좋은데?

검바위   마음이 단단히 연결되면, 세상의 어떠한 풍파도 이겨나갈 수 있지. 이 세상에서 오직 하나 변하지 않는 것을 꼽으라면 바로 약속일 거야.

순이 약속 안 지키는 사람도 많잖아?

검바위 그렇지! 약속이 종종 깨지기도 하지. 한쪽이라도 약속을 지키지 않
으면 깨지는 것이니까.

진이 그럼 약속할 때 연결되었던 마음도 없어지겠네. 약속을 어기면 약속
이 없던 때보다 사이가 더 나빠지잖아?

검바위 그렇지! 믿었던 마음이 사라질 뿐만 아니라, 앞으로 더 이상 상대
를 믿을 수 없게 되니까 아주 나빠지는 거지. 그렇게 되면 약속이
세상의 풍파를 이겨나가는 것이 되기는커녕, 약속 자체가 지독한
세상의 풍파가 되는 거란다!

순이 혹 떼려다가 혹 붙인 격이네.

검바위 바로 맞혔어!

진이 그렇다면…… 우리가 할 수 없이 깅코를 보내줘야 하는구나. 약속을
지키라고…….

순이 (울상을 지으며) 그렇구나……. 그래야 하나보다…….

이때, 깅코가 진이와 순이에게 다가가 코로 가볍게 등을 쓰다듬는다. 진이와 순이도 양쪽에
서 가만히 깅코를 안는다. 검바위는 그 광경을 미소를 띠고 조용히 바라보고 있다.

3막

깅코의 집 마당. 진이와 순이가 번갈아가며 깅코의 등에 올라탄 다음 깅코의 코를 잡고 미끄러져 내려오면서 까르륵 웃어대고 있다. 검바위도 순이와 진이를 깅코의 등에 올려주느라 바쁜 모습이다. 음력 4월의 화창한 오후. 밝고 즐거운 분위기가 가득하다.

깅코　　이 섬에 온 뒤로 이 마당이 이렇게 시끄러웠던 적이 없었어. 앞바다에
　　　　　사는 물고기와 저 숲 속의 풍뎅이가 깜짝 놀라겠는데?

검바위　가끔 이렇게 시끌벅적해야 살아 있는 기분이 들지. 늘 조용하기만
　　　　　하면 기운이 처져서 좋지 않아. 이제야 여기에 비로소 살아 있는
　　　　　기운이 감도는 것 같지 않아?

깅코　　정말 순이와 진이의 힘이 대단하네! 이렇게 분위기를 활기차게 바꾸
　　　　　어 놓다니!

검바위　바로 이 몸이 손수 순이와 진이를 데리고 산 넘고 물 건너 왔다는
　　　　　사실, 잊지 말아야 해.

깅코　　다른 것은 몰라도, 그 점만은 내가 너를 인정하지 않을 수 없지!

까르륵대며 놀다가 지쳐서 나무 밑에서 쉬고 있던 순이와 진이가 다가와 이야기에 끼어든다.

순이　　이제 우리 또 뭐하며 놀까?

진이　　이렇게 재미있는 줄 알았으면 여기에 더 일찍 올걸 그랬어!

깅코　　너희가 좋아하니 나도 정말 좋다! 검바위에게 너희를 더 일찍 데려다

달라고 그럴 걸!

검바위   지금 우리가 모이게 된 것은 때가 맞아서 그런 거야. '더 일찍'이나 '더
         늦게'는 있을 수가 없어. 바로 지금 이때에 우리가 할 일이 있거든.

순이, 진이   그게 뭐야?

검바위   순이, 진이가 킹코를 도와줘야 해.

순이, 진이   와, 신난다! 우리가 할 일이 생겼다!

검바위   자, 그럼 이리 둥글게 모여봐. 의논 좀 하자.

모두 가깝게 모여 빙 둘러 앉는다.

검바위 이렇게 머리를 맞대고 논의하는 걸 구수회담이라고 해. 비둘기 구,
머리 수. 비둘기가 서로 머리를 마주하고 의논하듯 한다는 말이지.
자, 하나 배웠지? 그럼 우리도 구수회담을 시작하자.

진이 그럼 우리는 이제 비둘기가 된 거야?

순이 엄마 비둘기는 어디 있어?

진이 (입을 동그랗게 오므려서 소리를 낸다) 구구구, 구구구…….

깅코 (낄낄대고 웃으며) 검바위야, 구수회담이라고 하지 말고, 나, 깅코를 위
한 모임이라고 해라. 어서.

검바위 (짐짓 심각한 표정을 지으며) 그럼 구수회담은 취소하고, 깅코를 위한
모임을 갖기로 하겠습니다. 우선 파렘방까지 타고 갈 것의 변경 안
부터 논의하겠습니다. 이곳에는 상여도 없을 뿐더러 출발지의 환경
이 바뀌며 이륙 조건도 달라졌기 때문에 상여 대신 탈것의 설계를
바꾸어야 합니다. 그럼 논의해주시기 바랍니다.

순이 뭐가 달라졌다는 거야? 요점을 말해줘야지 무조건 의논하라고 그러
면 어떻게 해? 사회를 그렇게 보면 우리가 의논을 할 수 없잖아.

진이 우리 이야기를 정말 듣고 싶은 거야, 아니야?

깅코 검바위, 네가 잘못한 거야! 사회가 서투른 것에 대해 우리에게 사과하
고, 우리가 논의해야 할 점을 간략하게 정리해서 보고해. 알았지?

검바위 (벌떡 일어나 꾸벅 절하고 절도 있게 보고하는 스타일로 말한다) 사회의
진행이 어색한 점, 사과드립니다. 검바위로 새로 태어난 지 얼마 안
돼 모든 것이 서툴러서 그렇습니다. 널리 양해해주시기 바랍니다. 그
럼 현재까지 경과된 상황을 보고 드리겠습니다. 우선 상여 대신 탈

것의 설계가 바뀌어야 하는 이유부터 말씀 드리겠습니다. 지난번 상여는 땅에서 하늘로 날아오르도록 설계되었고, 출발에 필요한 힘을 얻기 위해 20명 정도의 인원이 필요했습니다. 하지만 현재 우리는 조그만 섬에 있기 때문에 이륙을 위한 공간을 찾기 어렵고, 게다가 어깨에 메고 힘을 보태줄 사람들도 찾을 수 없는 형편입니다. 또한 상여 자체를 구할 수 없기 때문에 상여 대신 탈것을 새로 만들어야 하지요. 그래서 변화된 이 두 가지 조건을 고려하여 파렘방까지 타고 갈 것을 새로 만드는 문제를 무엇보다 먼저 논의해야 합니다.

진이   그럼 상여 대신 탈것을 아예 처음부터 만들어야 한다는 거네?

검바위   그렇지.

순이   '상여 대신 탈것'이라는 말은 너무 길어. 우리 새로운 이름을 붙이자. '날 것' 어때?

순이   날 것이라고 하니 날생선, 날고기가 떠올라. 우리가 만들 건 깅코가 파렘방까지 타고 갈 기구잖아? 그러니 베틀, 솜틀과 같은 기구들의 이름을 따서 '날틀' 어때? 하늘을 나는 틀이라는 뜻이지.

깅코   그 이름이 맘에 든다! 우리가 만들 기구의 이름을 날틀로 하자.

순이, 진이, 깅코, 모두 박수를 치며 환호한다.

진이   문제는 날틀이 땅에서 하늘로 올라가지 못 하게 되었다는 거지? 그럼 바다에서 올라가면 되잖아?

170

순이 이제 사람들 힘을 빌릴 수 없게 되었다는 거야? 그럼 사람 말고 다른 친구들의 힘을 빌리면 되잖아?

깅코 와, 간단하네! 진이와 순이 말대로 하면 그냥 되겠다!

검바위 (말투를 바꾸고 진이에게 바짝 다가가 진지하게 묻는다) 진이야, 날틀을 바다에서 올릴 때, 어떻게 하면 좋겠냐?

진이 쉬워. 바닷물이 이리 오고, 저리 가며 왔다가 갔다가 하잖아. 그 위에 한참 놔두는 거야. 깅코는 날틀이 바닷물 꼭대기에 올라올 때를 기다려서 바로 그때 하늘로 올라가면 돼! 사람들이 상여를 들고 올렸다 내렸다 하는 거나, 상여가 파도 위에서 올라갔다 내려갔다 하는 거나 이치는 비슷하잖아.

검바위 (눈을 가느다랗게 뜨고 생각을 한다. 그러다가 갑자기 뭔가 떠오르는 듯 얼굴이 밝아진다) 와, 멋진 생각이야!

깅코 (맞장구를 친다) 호, 좋은 생각!

검바위 (순이에게 고개를 돌려 묻는다) 그런데 힘을 빌릴 수 있는 친구가 없잖아.

순이 있어. 우리가 친구들이랑 같이 왔거든.

순이가 짐 보따리 속에서 주섬주섬 뭔가를 꺼낸다. 순이 손에 있는 것은 바로 거북 꼭두와 용 꼭두다.

순이 (거북 꼭두를 가리키며) 얘 이름은 복이고, (용 꼭두를 가리키며) 얘 이름은 미루야. 복이랑 미루는 늘 우리랑 같이 놀아. 깅코는 우리 친구니까 복이랑 미루랑도 친구가 되는 거야. 친구끼리는 서로 도와주는 거 잖아? 그러니까 복이랑 미루가 도와줄 거야.

진이 많은 친구들 중에서 특히 애들이랑 온 건 우리가 섬에 왔기 때문이야. 거북이와 용은 바다를 잘 알잖아.

순이 미루는 힘이 엄청 세고, 복이는 바닷속 용궁 말을 아주 잘할 수 있어.

진이 미루가 한 번 숨을 내쉬면 바닷물이 마구 밀려가고, 들이쉬면 바닷물이 크게 들어와. 그리고 복이가 용궁 말로 용궁 백성에게 도움을 청하면, 틀림없이 모두 도와줄 거야.

검바위 복이, 미루가 우리와 직접 이야기할 수 있어?

순이 급한 경우에는 할 수 있어. 근데 보통은 우리에게 이야기하라고 그래.

진이 지금 자기네 소개도 우리더러 대신 하라고 그러는걸.

깅코 그럼 누구부터 소개할래? 복이, 아니면 미루?

순이 복이가 나한테 자기를 먼저 소개해달라고 하네.

진이 미루는 나한테.

깅코 이곳의 주인은 나니까, 우선 나부

터 소개하는 게 예의인 것 같

다. (복이와 미루를 향해)

난 깅코. 파렘방에

서 왔고, 1년 전에 공주에서 순이, 진
이를 만났어. 그때 우리가 빈 상여놀
이를 할 때, 너희는 곳집에 있었을 거야.
그때 파렘방에 갔다면, 순이, 진이도 그렇고 너
희도 못 만났겠지. 지금 생각하니, 이렇게 너희와 만
나 친구가 되려고 그때 못 갔나봐! 아무튼 너희를 만나
서 정말 반가워.

검바위   난 검바위. 작년만 해도 검박이였는데, 검박이는 사라지고 검바위
가 되었어. 아까 우리끼리 약속에 대해 이야기하는 거, 혹시 들었
어? 약속을 지키는 것이 이 세상의 거친 풍파를 이겨내는 힘이라
는 이야기 말이야. 그런데 약속 말고 그럼 힘을 가질 수 있는 방법
이 또 하나 있어. 바로 친구야. 친구가 있으면 정말 커다란 힘을 갖
게 되지. 친구가 있으면 힘든 일이 생겨도 이겨낼 수 있어. 나도 이
제 너희와 서로 그런 힘을 주고받을 수 있을 거라고 생각해. 그래서
친구를 새로 만나는 것은 뜻 깊은 거야. 만나서 정말 기쁘다!

복이(순이)   (순이가 말하고 있지만 복이의 말이다) 난 복이. 용궁에서 온 거북
이야. 별주부전 이야기 알지? 별주부는 거북이가 아니라 자라
야, 민물에 사는 자라. 우리와는 다르지. 우리는 바다에서 사니
까. 만일 우리 거북이에게 토끼를 용궁으로 데려오게 했다면 별
주부처럼 고생은 안 했을 텐데. 토끼가 하는 거짓말에 우린 절
대 속아 넘어가지 않았을 거니까. 용궁에는 우리 친구가 많아.
친구의 친구는 서로 친구가 되는 것이니까 내가 너희 부탁을 받

왔다고 하면 모두 친구 일로 여기고 정성껏 도와줄 거야. 이제 우린 친구가 된 거니까, 필요한 게 있으면 무엇이든 알려줘.

미루(진이) (진이가 말하고 있지만 미루의 말이다) 난 미루야. 주로 깊은 물속에 살지. 그러다가 갑갑하면 하늘로 날아오르기도 하는데, 사람들은 그걸 무지개라고 생각하더라. 하지만 그렇게 하늘을 나는 것은 그리 많지 않은 일이고, 보통은 물길을 따라 움직여. 산속 깊은 샘물에서 망망대해의 바닷속까지 마음대로 오고 다니는 거야. 사람들이 나를 높이 여겨 왕궁의 여러 장식에 사용하곤 했는데, 그건 껍데기야. 물 밖에 있을 때 나의 진짜 몸은 바로 곳집에 있지. 순이와 진이가 나를 알아봐서 친구가 되었어. 오늘 다시 새로운 친구를 만나게 되어 기뻐. 순이, 진이가 나를 여기에 데려온 걸 보면 내가 할 일이 있는 것 같아. 친구로서 할 일이 있다면, 오히려 내가 고마운 일이지. 너희랑 만나서 반갑다!

깅코, 검바위 복이야, 미루야, 반갑다. 이제 우리는 친구다. 그렇지?

복이, 미루 그렇고 말고. 세상의 풍파를 함께 이겨내는 친구지. 하늘 세상, 땅 세상, 바다 세상 어디의 풍파라도 이겨낼 친구들이지!

깅코, 검바위 우리는 친구들이지. 하늘 세상, 땅 세상, 바다 세상 어디의 풍파도 이겨낼 친구들이지!

순이, 진이 우리는 친구들이지. 하늘 세상, 땅 세상, 바다 세상 어디의 풍파도 이겨낼 친구들이지!

모두 함께 우리는 친구들이지. 하늘 세상, 땅 세상, 바다 세상 어디의 풍파도 이겨낼 친구들이지!

174

검바위　와, 친구들 덕분에 우리 일이 금방 이루어지겠어!

깅코　정말! 친구들 덕분에 생각보다 빨리 일을 할 수 있겠구나! 야, 신난다!

모두 서로 환호성을 지르고 춤을 추는 바람에 분위기는 다시 처음으로 돌아간 듯하다. 어느덧 오후의 해가 져서 바닷속으로 기울고 있다. 내일부터 날틀을 만들고 비행 이륙의 계획을 구체적으로 세우기로 하고 모두 편안한 휴식에 들어간다.

4막

다음 날, 아침부터 날틀을 만드는 작업으로 모두가 분주하다. 뼈대를 만드는 일은 깅코와 검바위가 맡고 있다. 깅코와 검바위가 숲에 들어가 뼈대가 될 만한 나무를 찾은 다음, 산신과 숲의 신에게 허락을 얻기 위해 향을 피워 제사를 지낸다. 제사가 끝난 뒤 검바위가 나무를 베어 내면 깅코는 그것을 해안가로 끌고 온다.

미루　풍뎅이를 불러 모아 풍뎅이가 만드는 끈적끈적한 분비물을 나무에 바르도록 할 거야.

검바위　왜 그렇게 하는데?

미루　풍뎅이의 분비물은 마르면 세상 어떤 것보다 단단해지거든. 튼튼한 날틀을 만들면 깅코가 파렘방까지 날아가는 동안 무슨 일이 생겨도 안전할 거야.

미루와 복이가 풍뎅이에게 신호를 보내자, 풍뎅이들이 날아오는 소리가 들린다. 한편, 상여와 비슷한 구조로 몸체가 만들어진다. 이후 작업은 복이와 미루의 지휘 아래 두 가지로 나뉘어 진행된다. 하나는 복이가 주도하는 것으로 날틀을 하늘로 올려 보낼 계획을 세우는 것이고, 다른 하나는 미루가 주도하는 것으로 날틀을 하늘로 띄울 동력을 확보하는 것이다. 순이와 킹코는 복이를 돕고, 진이와 검바위는 미루를 돕고 있다.

미루   내 계획은 어제 진이가 말한 대로 하는 거야. 밀물, 썰물이 교차하면서 발생하는 강한 기운을 흩어지지 않게 모으는 것이 요점이지. 그러려면 날틀 옆에 바닷물이 통과하면서 기운을 발생하도록 장치를 만들어야 해. 그런 다음에 내가 밀물과 썰물에 맞춰서 들숨과 날숨을 쉬게 되면 거기에 대단한 힘이 축적될 테니, 동력은 어렵지 않게 얻을 수 있을 거야. 이제 진이와 검바위가 할 일은 선체에 알맞는 크기의 물레방아 장치를 만드는 거야.

진이   야, 드디어 내가 할 일이 생겼구나!

검바위   흠, 물레방아 만드는 일이라면 나를 따라올 사람이 없지! 나의 장기를 드디어 발휘할 수 있게 되었네!

진이   (장난스런 표정을 지으며) 검바위님 실력이 과연 말씀하신 대로 그러한지 소녀가 검증하겠나이다.

검바위   (역시 장난기 어린 목소리로) 낭자님, 부디 마음 가는 대로 하옵소서.

미루   장치가 다 만들어지면, 진이는 처음 생각한 대로 만들어졌는지 검사도 해주어야 해. 이 작업은 진이 생각에 따라 그대로 진행되는 것이니까 말이야.

진이 (으스대며) 그건 물론이지! 그 일을 하려고 내가 여기에 온 거잖아!

검바위 (눈을 가늘게 뜬다) 갑자기 눈이 시어지는 이유는 무엇일까?

진이 (짐짓 딴청을 하며) 해당화 꽃가루 때문일까, 아니면 풍뎅이가 바른 진액 때문일까? 어느 쪽이든 자연과 함께하는 자세라고 보기 힘든데?

진이의 능청에 미루, 검바위가 같이 한바탕 웃음을 터트린다. 곧 그들이 함께 작업을 시작한다.

복이 (깅코, 순이를 향해) 내 계획은 어제 순이가 말한 대로 하는 거야. 순이가 인간 말고 다른 친구의 힘을 빌려 날틀을 출발시키자고 했지? 그래서 내가 지금 계절에 도움을 청할 용궁 친구들을 생각해봤어. 너희들 생각에는 누가 우리 일에 도움을 줄 수 있을 것 같아?

순이 등 힘이 센 물고기? 날틀을 수면 위로 들어야 하니까.

깅코 물돼지? 바다에 잘 뜨니까.

순이 등이 딱딱하고 옆으로 가는 게? 아니면 거북이?

깅코 바다에 사는 물개?

순이 먹물을 뿜어내는 낙지? 아니면 오징어?

깅코 몸집이 나랑 비슷한 물코끼리는 어때?

복이 게나 거북이는 날틀을 멜 수 있어도 수면 위로 밀어낼 힘이 없어서 안 돼. 물돼지, 물개, 물코끼리도 마찬가지야. 순간적으로 수면에서 날틀을 떠오르게 할 힘이 있어야 하거든. 낙지나 오징어가 커다랗게 무리를 이루어 힘을 쓴다면 가능할지 모르지만, 지금 계절에는 그럴 수 없어. 그리고 서해안에서는 오징어를 찾아보기 힘들어.

순이   그렇다면 우리를 도와줄 수 있는 용궁 친구는 누구지? 있기는 해?

복이   진이만 능청스러운 줄 알았더니, 순이도 어쩌면 이렇게 비슷할까! 나
        에게 도움을 청할 때에는 대강 짐작했을 거라고 생각했는데.

순이   그렇다기보다 우리가 복이를 믿는 마음이 굳센 거지.

깅코   우리는 친구끼리 힘을 합하면 못 이룰 일이 없다는 믿음을 갖고 있어.

복이   (약간 으스대며) 아무래도 내가 그 신뢰에 보답해야 할 것 같아서 이리
        저리 방법을 알아본 결과, 마침내 해결책을 찾아냈지!

순이, 깅코   그게 뭔데?

복이 조개.

순이, 깅코 조개라고?

복이 응, 조개가 이 일에 가장 적합해. 요즘 조개가 가장 힘이 센 때이기도 하고.

순이 그렇구나, 근데 조개도 종류가 많잖아? 어떤 조개가 우리를 도와주는 거야?

복이 내가 용궁에 연락하여 알아본 결과, 요즘은 함박조개가 최고래.

순이, 깅코 함박조개?

복이 응, 함지박 모양을 닮았다고 해서 함박조개라고 부르는데, 보통 바지락보다 열 배나 커서 그 크기가 어른 주먹 정도 돼. 그 커다란 조개가 날틀에 가득 달라붙어서 동시에 수면을 밀어내면 쉽게 하늘로 오를 수 있는 거야.

깅코 함박조개가 어떻게 그런 힘을 가지고 있는 거지?

복이 그건 말이지. 사실 그 조개껍질 안에 새가 살고 있기 때문이야. 조개는 새 모습으로, 그리고 새는 조개 모습으로 변신할 수 있어. 그래서 하늘과 바다를 마음대로 오갈 수 있는 신비한 생물이지.

순이, 깅코 조개껍질 속에 새가 들어가 있다고? 그런 줄은 정말 몰랐네!

복이 조개가 양쪽 껍질을 활짝 편 모습을 생각해봐! 그럼 무슨 모양이 되지?

순이 나비! 펄럭거리며 날아가는 나비 같아!

복이 양 날개로 하늘을 난다는 점에서 나비랑 새는 차이가 없어. 다른 점이라면 나비가 바람 부는 대로 나는 반면에, 새는 바람을 뚫고 난다는 것뿐이지.

깅코 그럼 조개는 바닷속의 나비인 셈이네?

순이 바닷속의 새이기도 하고!

복이 조개가 양쪽 날개를 펼치고 바닷물을 치게 되면 앞으로 나아가게 되는데, 우리는 그 힘을 잠깐 빌리는 거야. 그래서 날틀을 수평선 위로 떠오르게 하려는 거지.

순이 조개가 많이 와서 도와줘야 하겠네?

깅코 조개에게 도움을 청하는 일은 복이가 맡아줄 거고. 우리는 조개들이 힘을 잘 쓸 수 있도록 도와줘야지.

순이 그러려면 조개들이 날틀을 잘 들어 올릴 수 있도록 해야겠다.

깅코 그렇고 말고! 날틀이 바다 위에 떠 있을 때, 조개들이 들어 올릴 테니까…….

순이 밑바닥을 가능한 한 넓게 만들어야겠어! 그래야 더 많은 조개들이 힘을 줄 수 있게 되잖아? 날틀과 바다 위에 닿는 곳이 넓어지니까.

깅코 그렇고 말고! 조개들이 하나라도 더 많이 도울 수 있게 해야겠지.

복이 좋은 생각이야. 그럼 할 일을 나누자. 나는 용궁의 조개들과 직접 만나 도움을 청할게. 순이와 깅코, 너희들은 조개들을 위한 날틀 받침대를 만들어.

순이, 깅코 그래, 이 일은 땅 위에 남은 우리가 해결하도록 할게. 너는 우선 얼른 조개와 만나도록 해.

복이 응, 알았어. 우리는 손발이 아주 잘 맞는데? 그럴 거라는 건 처음부터 알고 있었지만!

순이 우리는 친구잖아? 너를 믿고 하니까 잘될 수밖에 없는 거야.

깅코 그렇고 말고. 친구와 함께하는데 안 된다면 이 세상에서 될 수 있는
       게 뭐가 있겠어?

복이 얼씨구 좋다! 자, 그럼 우리 시작할까?

순이 야, 신난다! 시작이다!

깅코 얼씨구, 기분 좋다. 이제 우리 시작이다!

복이는 서둘러 용궁으로 떠나고, 순이와 깅코는 날틀의 동력 작업을 하고 있는 미루네와 합
류한다. 한나절이 지나 용궁에서 복이가 돌아올 즈음에는 날틀의 모습이 거의 갖춰져 있다. 하
지만 검바위가 물레방아 장치를 다 만들려면 좀 더 시간이 필요하고, 또 베어낸 나무에 풍뎅이
기름을 발라 견고하게 만드는 작업에도 시간이 더 필요하다. 용궁에 다녀온 복이가 조개와 만
나 주고받은 이야기를 모두에게 전한다.

복이 용궁에 가서 함박조개를 만났어. 찾아온 이유를 말하자마자 "떼굴떼
       굴" 하는 소리가 마구 들리는 거야. 어디에서 나는 소리인가 싶어 두
       리번거릴 정도였지.

진이 어디에서 나는 소리였어?

순이 나는 알지!

깅코 나두!

검바위 나도 짐작이 돼!

복이 바로 조개 속에서 새들이 파드득 거리니까 조개가 요동치면서 나는
       소리였어!

순이, 깅코, 검바위 그렇지!

복이   함박조개들이 신이 나서 "떼굴떼굴"하고 소리를 내는 바람에 굉장히 시끄러웠어. 도와주는 대신 조개들이 요구한 것은 단 한 가지뿐이야. 깅코와 같이 날아가고 싶은 새들이 있다면 같이 가게 해 달라는 것이지. 조개가 날틀에 붙어 있으면 저절로 가게 되는 거니까 어려울 건 없지. 장고섬에서 파렘방까지 바로 날아가는 거야.

미루   여태까지 물과 하늘을 맘대로 오가는 게 나 혼자인 줄 알았는데. 앞으로는 조개들과 함께 하늘과 물속에서 놀 수 있겠네.

검바위   멋있다! 하늘을 나는 용과 날개 달린 조개!

깅코   두 날개를 활짝 핀 새와 용!

순이, 진이   조개가 나비처럼, 새처럼 나는 거야? 아니면 나비와 새로 변해서 나는 거야?

복이   나비와 새, 그리고 조개는 하나이기도 하고, 셋이기도 하니……. 다 맞다고 해야겠지?

순이   하나면서 셋이고, 셋이면서 하나. 마치 우리처럼 쌍둥이 같네?

진이   그럼, 우리가 쌍둥이라서 심심하지 않은 것처럼 나비, 그러니까 새와 조개도 외롭지 않아서 좋겠구나!

검바위   난 쌍둥이는 아니지만 깅코가 있어서 외롭지 않아. 그리고 너희 친구들도 있구 말야!

깅코   나도 검바위가 있어서 좋아. 너희도 있구 말야. 검바위와 나를 쌍둥이라고 생각해도 좋아!

진이   깅코와 검바위가 쌍둥이라면 새와 조개도 쌍둥이, 나와 순이도 쌍둥이. 그럼 미루와 복이도 쌍둥이가 되어야 하는 것 아니야?

미루　생긴 것은 다르지만, '깅코 파렘방 보내기'라는 작업에서 뗄 수 없이 연결되어 있으니 쌍둥이라고 해도 틀린 말은 아니야.

복이　미루와 나를 쌍둥이라고 한다면 나야말로 영광이지!

미루　웬일로 아부를 다 하지? 하하.

복이　아부라니, 진심에서 우러나오는 말인데. 그러고 보면 우리 모두는 쌍둥이 친구들이네!

진이, 순이　그래, 우리 모두는 쌍둥이 친구!

검바위, 깅코　우리는 쌍둥이 친구!

모두 다 함께　우리는 쌍둥이 친구다!

복이　그리고 조개들이 한 가지 더 말한 게 있어. 자기들이 물속에서 미는 힘은 한계가 있어서 날틀이 곧장 하늘로 올라갈 순 없대. 그래서 날틀이 공중에 떠서 어느 정도 갈 지(之)자로 움직인 다음에 비로소 방향을 잡을 수 있다는 거야.

순이　그럼 우리는 깅코가 날아가는 것을 좀 더 길게 볼 수 있겠네?

진이　깅코가 금방 가버리는 거 싫은데 잘됐다.

검바위　나도 깅코 따라가는데, 내가 가는 건 섭섭하지 않아?

순이　금방 다시 만날 거니까…….

진이　깅코가 고향에 가듯이 검바위도 다시 고향에 돌아와야지. 우리 만나러 돌아올 거지?

검바위　마음이 머무는 곳이 고향이긴 하지만……. 순이와 진이가 보고 싶어서 돌아오긴 해야지!

순이, 진이　(검바위를 껴안는다) 검바위 아저씨, 고마워.

검바위 갑자기 웬 아저씨? 여태 친구라고 하더니?

진이 친구라도 아저씨는 아저씨잖아?

순이 아저씨와 친구는 가리키는 것이 달라서 함께 쓸 수 있는 거야. 바보!

검바위 그래 미안! 내가 늘 너희에게 배우는구나.

깅코 검바위가 다시 올 때, 나도 같이 올게! 우릴 기다려줄 거지?

순이, 진이 아니? 그걸 말이라구 하는 거야?

깅코 (쩔쩔매는 시늉) 미안, 미안!

모두 다 함께 웃음을 터트리며 와자지껄해진다. 웃음소리와 함께 어느덧 하루해가 저물고 오늘의 작업이 마무리되었다. 날이 어둠에 잠김에 따라 막도 스르륵 내린다.

5막

작업은 다음 날에도 계속되어 드디어 날틀 본체와 동력 및 이륙 장치가 완성되었다. 이제 남은 문제는 이륙시킬 장소와 날짜를 정하는 일이다. 모두 모여서 이 문제를 의논하고 있다.

검바위 복이와 미루가 앞장서준 덕분에 날틀이 멋지게 완성되었습니다. 우리 모두 애쓰기는 했지만, 작업을 앞장서서 인도한 복이와 미루는 박수를 받아 마땅하다고 생각합니다. 자, 우레와 같은 박수~! (박수와 환호성 소리)

검바위 (진지한 목소리) 이제 남은 문제는 장고섬에서 언제 떠날지를 정하고,

어디에서 떠날 것인지 정하는 일이야. 오늘 우리가 여기에 모인 것은 그걸 논의하기 위한 것이지.

미루   그건 우리가 정한다기보다 따라가야 하는 거야. 진이가 말한 대로 바닷물이 들어와서 날틀을 가장 높이 들어 올릴 때 떠나야 하니까. 그게 언제인지 우선 달의 움직임과 물때를 살펴봐야 해.

복이   떠날 장소도 마찬가지야. 들물과 날물의 차이가 이 섬 어디에서 가장 큰가를 살펴봐야 해. 내가 며칠 전부터 섬을 돌아다닌 건 그 때문이지.

순이   그럼 우선 출발할 날짜부터 잡자.

진이   그리고 그런 다음에 장소를 잡구.

검바위   날짜는 밀물과 썰물의 차이가 가장 큰 사리(음력 보름과 그믐 무렵에 밀물이 가장 높은 때) 때로 잡을 수밖에 없겠네.

깅코   그렇다면 반달일 때에는 안 되겠고, 초승달이나 보름달일 때가 알맞을 텐데…….

순이   초승달은 지난주에 보았잖아? 그리고 이번 주엔 초파일이 있으니…….

진이   보름달 뜰 때는 다음 주가 되겠네, 그렇지? 열닷새 날!

미루   그래 초파일이 지나고, 보름달이 뜨는 날! 이번 달에는 그날이 가장 좋은 것 같네!

검바위   그럼, 그날 중에서도 언제가 좋을까?

미루   바닷물이 하루에 두 번 들고 나니까 그때를 살펴야지.

깅코   그동안 내가 여기 바다를 관찰한 바에 따르면, 초파일 지나서 보름달 때에는 오후 늦게 만조(滿潮)가 돼. 그러니까 미시(未時, 오후 1시~3시)

가 지나고 신시(申時, 오후 3시~5시)가 시작되는 시간이지.

순이　그럼, 보름날에 점심 먹고 한숨 돌린 다음에 떠날 채비하면 되겠네? 석양이 지기 전에 떠나겠는데?

진이　해가 뉘엿뉘엿 수평선으로 기울어지려고 할 때 떠나면 더 좋을 텐데……. 깅코가 아름다운 석양빛을 보면서 떠날 수 있게 말이야.

미루　그럴 수 있을 거야. 출발 며칠 전부터 날틀을 바다에 띄워 놓고 미리 힘을 모아야 하거든. 밀물이 들어오면서 세게 바람개비가 돌아가도록 하려면 시간이 좀 더 필요해.

검바위　바람개비가 바닷물의 힘으로만 돌아가는 것은 아니지? 미루가 쉬는 들숨, 날숨의 힘도 작용해야 한다고 그랬잖아?

미루　바닷물이 들어오는 밀물일 때에는 내가 강하게 들숨을 마셔서 힘을 더 세게 만들고, 그 반대로 썰물일 때에는 강하게 날숨을 쉬어서 바람개비를 더 세게 돌리는 것이지.

검바위　그럴 때면 미루가 하늘에 있는 해와 달처럼 되는 것 같아!

순이　미루가 해와 달처럼?

진이　해와 달처럼 미루가?

검바위　본래 바닷물을 움직이는 것은 해와 달이잖아? 그런데 여기에서는 미루도 바닷물을 움직이는 데 한 몫 하는 것이니까, 해와 달의 반열에 오르는 셈이지.

깅코　듣고 보니 과연 그렇네!

순이, 진이　(두 팔을 들어 환호한다) 와! 우리 미루, 멋있다! 해와 달과 같이 되다니!

미루 그런 소리하면 안 돼! 내가 하는 일은 해와 달의 힘을 잠깐 빌려 쓰는 것일 뿐이야. 해와 달의 반열이라니? 그렇게 오만을 부리다가는 이무기 신세가 되는 거야. 용이 하늘을 날지도 못하고 물속 길도 이동하지 못하게 되면 어떻게 되는지 알아? 깊은 늪 속에서 꼼짝 못하게 되는 이무기가 되는 거라구!

검바위 이크, 그러면 안 되지! 미루야, 미안.

깅코 나도 미안.

순이, 진이 우리도 미안.

미루는 고개를 끄떡이며 뒷줄로 빠지고 이제 복이가 앞으로 나서며 말한다.

복이 흠, 이제 장소를 논의할 때가 된 것 같군. 우선 그동안 내가 연구한 바를 말할게. 듣고 나서 각자의 의견을 말해줘. (손으로 코끼리 바위 너머 서쪽에 있는 섬을 가리킨다) 저기 조그만 섬 보이지?

모두 (고개를 끄덕이며) 응, 보여.

복이 저 섬이 바로 명장섬이야. 섬이니까 당연히 바닷물에 잠겨 있지. 하지만 썰물 때에는 여기에서 걸어갈 수 있어. 하루에 두 번씩 저 섬으로 가는 길이 열리는 거야. 그 섬이 밀물 때와 썰물 때 바닷물 높낮이 차이가 가장 커. 게다가 그 섬에는 이륙에 적합한 장소도 있어. 섬 근처에 장애물이 없어서 이륙한 다음 날아가기에도 좋고 말이야.

검바위 복이 말대로라면 그 섬을 출발 장소로 삼으면 되겠다!

순이 그런데 명장섬 가운데 어느 곳을 출발 장소로 잡을 거지?

복이   섬에서 파도를 맞이하는 모습으로 굽어진 곳이 있어. 내가 보기엔 그 곳이 가장 알맞아.

진이   그 섬까지는 이 날틀을 어떻게 운반할 거야?

복이   미루, 깅코, 그리고 내가 밀물이 들어 온 다음에 물속에서 밀고 가는 게 좋겠어. 순이와 진이, 그리고 검바위는 썰물 때 자갈길이 드러나면 걸어서 섬에 와.

검바위   그럼 우린 아침 일찍 그 섬에 가 있어야겠네? 그때에는 썰물이 이른 아침과 밤에 있을 테니.

복이   그렇지.

순이   그럼 떠나는 날엔 점심을 같이 먹지 못하겠구나.

진이   아침을 같이 먹으면 되지. 마지막 조찬(朝餐)!

깅코   마지막은 아니지. 잠깐 헤어지는 것이니까. 아침을 모두 같이 먹고, 순이와 진이, 그리고 검바위는 걸어서 그 섬으로 가. 우린 남아서 들물이 올 때를 기다려 헤엄쳐 갈 테니. 나, 헤엄 잘 치는 거 알고 있지? 그러니 우리를 걱정하지 말고.

검바위   알았어. 내가 순이와 진이를 잘 데리고 갈게. 너희도 우리를 걱정하지 말 것!

미루   시간과 장소가 정해졌구나!

복이   됐다. 이제 할 일은 작동을 다시 점검하고, 보름날 되기 전에 동력 장치를 미리 데워 놓는 일이렷다!

미루   그렇지, 그런 다음에는 기다리는 일만 남은 거지.

모두 홀가분한 표정이다. 모두들 팔과 다리를 길게 뻗거나 팔베개를 하고 바닷가의 아름다운 풍경을 쳐다보면서 휴식을 취하고 있다.

6막

드디어 출발 당일인 보름날 아침이다. 아침을 먹기 위해 모두 모여 있는데, 설레는 분위기가 역력하다. 하지만 미루와 복이는 날틀이 무사히 뜰 수 있도록 지휘할 일이 남아 있기에 마음이 흐트러지지 않도록 조심하고 있다. 미루와 복이의 호흡이 가지런해야 남은 일을 제대로 마칠 수 있기 때문이다. 미루는 밀물과 썰물에 자신의 호흡을 일치시켜 힘을 크게 해야 하고, 복이가 바닷속 조개들에게 정확한 신호를 보내려면 정신 집중을 해야 한다. 킹코와 검바위는 순이, 진이와 아침 식사를 하면서 이야기를 나누고 있다.

진이　이렇게 밥을 같이 먹으니 참 좋다. 그렇지?

검바위　좋은 사람끼리 먹으니까 좋은 거지.

진이　좋은 사람끼리 먹으니까 기분이 좋아진다는 거지? 그런데 어떤 게 먼저야? 같이 먹어서 좋아지는 거야, 아니면 좋으니까 같이 먹는 거야?

검바위　아무하고나 밥을 같이 먹는 건 아니니까, 우선 서로 좋아야 하는 거 아닐까? 우리처럼 말이야.

순이　처음에는 좋지 않았다가, 밥을 같이 먹어서 좋아지는 경우도 있을 수 있잖아?

검바위　물론 그런 경우도 있겠지. 밥을 같이 먹는다는 것은 사소한 일이 아

190

니거든.

깅코 밥을 함께 먹는다는 건 같은 식구라는 뜻이니까, 밥을 먹으면서 몸뿐만 아니라 마음도 모두 따뜻해지지.

진이 그럼 우리가 지금 밥을 함께 먹고 있는 것에는 깊은 뜻이 있는 거네?

순이 더구나 언제 다시 만날지 모르는 채로 함께하는 마지막 밥이니까 더욱 그렇지.

진이 마지막이라고 생각하니, 저절로 눈물이 나와.

순이 나두…….

깅코 순이와 진이, 바보구나! 내가 검바위와 같이 가는 걸 보면 몰라? 곧 돌아올 거야.

검바위 다시 오게 되면 너희도 태우고 여행을 시켜줄게.

순이, 진이 (얼굴에 기쁜 기색) 정말이야?

검바위 정말이고 말고. 깅코에게 물어봐, 그런지 아닌지 말이야.

깅코 그럼! 순이와 진이가 할 일은 밥 잘 먹고, 잘 놀면서 지내는 거야. 그러다가 우리가 다시 돌아오면 너희는 아마 "시간이 어떻게 이렇게 빨리 지나갔나?" 하고 놀랄 거야.

진이 아니야! 우리는 "시간이 왜 이렇게 더디게 지나갈까?" 하고 생각할 거야! 매일 다시 만나기를 기다릴 테니까. 그렇지 순이야?

순이 그래, 진이 말이 맞아.

깅코 그럼 우리가 멀리 떨어져 있을 때라도 우리와 이야기를 나눠봐.

순이, 진이 어떻게?

깅코 너희가 하고 싶은 이야기를 우리에게 보내면 돼!

순이, 진이 어떻게 보내는데?

깅코 우선 보낼 때를 잘 골라야 해. '틈이 생기는 시간'이 있거든. 예컨대 해가 떠오르거나 질 때, 달이 떠오르거나 질 때, 혹은 바람의 방향이 바뀔 때, 바닷물이 들어오거나 나갈 때가 그런 '틈이 생기는 시간'이야. 그런 때, 조용히 호흡을 가다듬고 마음을 하나로 만들어 우리에게 이야기를 걸면 되는 거야.

진이 쉬울 것 같기도 하고…….

순이 어려울 것 같기도 하고…….

깅코 처음에는 잘 안 될 수도 있지만 자꾸 해보면 돼. 뭐든지 몸에 붙어야 하니까 시간이 좀 걸리지.

검바위 또 다른 방법은 꼭두를 통해서 하는 거야. 너희가 우리에게 꼭두를 소개해주었듯이, 꼭두는 너희의 이야기를 우리에게 전해줄 수 있을 테니까.

깅코 그건 꼭두가 틈 속에 있기 때문에 가능한 것이지! 꼭두는 이쪽과 저쪽 어느 쪽에도 속해 있지 않기도 하고, 양쪽 모두에 속해 있기도 하니까 말이야. 그러면서 이쪽과 저쪽을 연결해주고 있는 거지.

순이 너희가 멀리 떠나도 이야기를 나눌 수 있다고 생각하니, 이젠 헤어져도 괜찮을 것 같아!

진이 해와 달, 바다, 바람, 그리고 꼭두를 통한 방법 모두 하나씩 시도해봐야지!

이때 미루와 복이가 썰물 때가 되었음을 알린다. 순이, 진이, 검바위가 명장섬으로 갈 때가 된 것이다. 바닷물이 빠져나가면서 점차 명장섬으로 향하는 길이 나타나자 그들은 해안가에서 걸어 10리 길을 걸어간다. 미루는 썰물의 흐름에 따라 규칙적으로 날숨을 내쉬며 날틀의 바람개비를 돌리는 데 여념이 없다. 미루와 복이, 그리고 킹코가 밀물 때에 맞춰 날틀과 함께 명장섬에 도착한 것은 늦은 오후이다. 미루는 오자마자 밀물에 따라 규칙적으로 들숨을 쉬며 동력을 최대로 끌어올리고, 복이는 미리 약조한 신호를 조개들에게 보내 드디어 날틀을 들어 올릴 때가 왔음을 알린다.

진이가 미루에게 다가가 들숨을 쉬는 일을 도와줘도 좋은지를 묻는다. 미루가 고개를 끄덕이자, 순이, 검바위, 그리고 쉬고 있던 킹코까지 가세한다.

진이　아, 이 바다 냄새!

순이　숨을 깊이 쉬니까 바다 냄새로 몸이 가득 채워지는 것 같아!

검바위　짭짤한 바다 냄새만이 아니야. 미루가 숨 쉬는 박자에 맞춰 나도 호흡을 하니까 내가 마치 바다와 하나가 되는 것 같아!

킹코　정말 그래. 몸이 아주 가벼워진 느낌이야. 바다 냄새와 하나가 되고 밀려오는 바닷물과 하나가 된 듯하니, 저기 타기도 전에 내 몸이 둥실둥실 올라가는 기분인걸!

이때, 바다를 살피고 있던 복이가 섬 앞쪽을 손으로 가리키며 외친다. 바다가 온통 번쩍번쩍한 빛으로 덮여 있는 것 같다.

복이　저기를 봐. 조개들이 오고 있어!

검바위　아니, 이럴 수가! 이건 그야말로 평생 한 번 볼까 말까 한 장관이네!

진이 참 예쁘다. 바다가 반짝이는 구슬로 뒤덮인 것 같아!

순이 그 구슬이 전부 우리 쪽으로 오고 있잖아.

깅코 마치 커다래진 미루가 움직이는 것 같아.

조개들이 바다 위에 떠 있는 날틀에 가까이 오자, 미루는 동력을 모으는 작업을 마치고 뒤로
빠져 숨을 고르고 있다. 반면에 복이는 앞으로 나서서 조개들에게 손짓으로 날틀을 가리키며

방향을 알려준다. 어른 주먹만 한 함박조개들이 받침대에 자리를 잡자 출발 신호가 떨어지지도 않았는데 벌써 날틀이 수면에서 약간 올라와 있는 것처럼 보인다. 출발 신호를 담당하고 있는 복이는 함박조개들이 도와주러 온 것에 대해 고마움을 표시한 후 뉘엇뉘엇 지고 있는 해를 유심히 관찰하고 있다.

순이 이제 다 준비된 것 같아.

진이 드디어 킹코랑 검바위 아저씨가 떠날 시간이네! 오늘따라 해넘이가 너무 아름답다!

바다를 붉게 물들인 해가 바다로 사라지기 바로 전에 복이가 킹코와 검바위에게 날틀 속으로 들어가라고 손짓을 한다. 그러자 순이와 진이가 킹코와 검바위에게 달려가 얼싸안고 작별 인사를 한다. 킹코와 검바위는 미루와 복이와도 예의를 갖춰 작별 인사를 한다. 곧 날틀 안으로 사라지는 킹코와 검바위. 해가 수평선 밑으로 떨어지자 복이가 함박조개에게 출발 신호를 한다. 그러자 잠시 조개들이 자신의 힘을 하나로 모으기 위해 박자를 맞추더니 "휘이익" 하는 굉음을 내고 거대한 물분수를 뿜어 올리면서 날틀을 들어 올리는 것이 아닌가!

진이 이야, 저 높이 올라갔다!

순이 이젠 오른쪽으로 가고 있어. 아, 왼쪽으로 움직인다!

진이 다시 오른쪽이야. 킹코, 안녕. 잘 다녀와!

순이 왼쪽이다. 검바위 아저씨 안녕. 좋은 여행하고 와!

날틀은 몇 번을 좌우로 움직이다가 용수철처럼 퉁기듯이 하늘 속으로 사라져버린다. 미루와 복이도 미소를 지으며 손을 흔들고 있다. 날틀이 사라진 하늘에는 해가 진 뒤에도 남아 있는 빛으로 신비로운 분위기가 감돈다. 이때 진이가 수평선을 가리키며 환호성을 지른다.

진이 저기를 좀 봐! 파란 석양이야!

순이 앗! 마치 노을을 솔잎으로 염색해 놓은 것 같네!

미루 파란 석양을 보면서 소원을 빌면 이루어진다고 하던데…….

복이 순이, 진이야, 솔잎색 석양이 사라지기 전에 빨리 소원을 빌어. 어서!

그러자 순이와 진이는 조그만 두 손을 모으고 입술을 조물거리며 소원을 빈다. 미루와 복이는 순이와 진이의 그런 모습을 보면서 흐뭇한 미소를 짓고 있다. 얼마 후 솔잎색 석양이 사라지는 것과 동시에 스르륵 막이 내린다.

해설자 날틀이 출발하고 얼마가 지난 다음, 장고섬에 사는 사람들은 깅코와 검바위의 비행에 대해 알게 되었고 그것을 구전으로 남겼대. 그리고 날틀이 출발할 때의 모습을 따라하며 제사를 지내기 시작했지.
현재에도 초파일이 지나 보름달이 뜨면 섬의 여자아이들은 명장섬에 가서 깅코와 검바위의 출발을 기리는 축제를 열어. 여자아이들만 참가하는 이유는 말을 하지 않아도 짐작하겠지? 바로 순이와 진이가 명장섬에 온 것을 표현하는 것이지. 이때 여자아이들이 노는 '등바루놀이'는 해안가에 열쇠 모양의 돌담을 만들고 그 안에 들어가 노는 것인데, 바로 날틀 속에서 노는 모습을 나타낸 거야.
5백 년이 넘었지만 여전히 그때의 감동이 이어지는 것 같지 않아?

아마도 그때 깅코의 출발에 참여했던 이들이 이 축제 때 모두 명장 섬에 와서 노는 것이 아닌가 하는 생각이 든단 말야. 솔잎색 석양을 보고 순이와 진이가 빌었던 소원이 바로 이것이 아니었을까? 그렇다면 솔잎색 석양을 보고 빌면 소원이 이루어진다는 말은 사실이었네! 그렇지?

작품 속 들여다보기

조침문 이야기

조선 순조 때 유씨 부인이 쓴 것으로 추정되는 한글 수필입니다. 〈제침문〉이라고도 하는데, 바느질을 하던 부인이 아끼던 바늘이 부러진 것을 애통해하며 지은 글입니다. 유씨 부인의 정확한 인적사항이나 이 글이 쓰인 정확한 연대등은 아직 밝혀지지 않았습니다. 그러나 바늘 하나를 27년 동안 소중히 다루는 사대부 집안 여성의 조심스러운 행동거지, 아이나 남편이 없이 혼자 바느질을 하며 삶을 꾸려나가는 외로움 등이 그대로 묻어나오는 이 수필은 문학적 가치를 높이 평가받고 있습니다.

다리 밑의 낙타

고려 태조 때 거란에서 보낸 낙타 50필을 개경(현재 북한의 개성)에 있는 만부교라는 다리 아래에서 굶어 죽게 한 사건입니다. 거란은 외교 관계를 맺기 위해 고려에게 낙타를 보냈으나, 고려는 거란이 발해를 멸망시킨 나라라 하여 외교 제의에 응하지 않고 낙타를 굶겨 죽입니다. 이 사건으로 고려와 거란의 외교 관계는 끊어졌으며, 서로 적대적인 관계가 되었습니다. 고려와 거란은 이후 세 차례의 전쟁을 치른 다음에야 다시 외교를 시작했습니다.

꼭두는 왜 고래 입속으로 들어갔을까?

귀신고래는 세계적으로 세 종류가 있는데 한국계와 캘리포니아계, 이미 멸종한 대서양계가 있습니다. 한국계 귀신고래는 쇠고래라고도 부르며 동해, 특히 울산 앞바다에서 흔히 볼 수 있는 고래였습니다. 그러나 일제강점기 때 무차별 남획을 한데다 공장이 마구 세워지며 바다가 오염되면서 현재는 멸종 위기에 처해 있습니다. 1962년부터는 천연기념물 126호로 지정해 포획을 금지했습니다. 우리나라에서는 1977년 울산 앞바다에서 두 마리가 관측된 이후 자취를 감추었습니다.

징코와 검박이의 모험

우리나라 최초의 코끼리

우리나라에 최초로 코끼리가 들어온 것은 통일신라 시기로 추측됩니다. 『삼국사기』에 '몸이 길고 높으며 코가 긴' 동물을 보았다고 기록되어 있기 때문입니다. 그 동물이 코끼리라는 확실한 증거는 없으나 통일신라가 이슬람 국가들과도 무역을 했던 점을 미루어 보아 이 동물이 코끼리일 가능성은 매우 높습니다. 이후 우리나라 기록에서 코끼리는 자취를 감추었다가, 조선 왕조 태종 11년에야 다시 등장합니다. 일본에서 선물로 받은 코끼리는 처음에는 진귀한 동물로 사복시(임금의 가마와 외양간과 목장을 관장하던 정부 부처)에서 돌보았지만 콩을 지나치게 많이 먹는데다가 사람을 둘이나 밟아 죽인 죄로 나중에는 섬으로 귀양을 가게 됩니다. 그렇지만 태종의 뒤를 이어 코끼리의 주인이 된 세종대왕은 코끼리를 내다 버리라는 신하들의 청을 듣지 않고 끝까지 코끼리에게 먹이를 배불리 주고 병에 걸리지 않도록 돌보라고 말했다고 합니다. 『조선왕조실록』에 이 내용이 기록되어 있답니다.

『자산어보』에 등장하는 새와 조개

정약전은 조선 시대의 유명한 학자인 다산 정약용의 형입니다. 정약전은 1801년, 흑산도에 귀양을 가서 14년 동안 거기에 머물렀고, 1814년에 『자산어보』라는 책을 집필합니다. 흑산도에 살면서 갖가지 물고기와 조개, 그리고 해초류를 관찰하면서 쓴 책이지요.

그 책에는 눈길을 끄는 독특한 내용이 쓰여 있는데, 바로 조개 속에서 파랑새가 나왔다는 부분입니다. 이는 창대라는 젊은이가 일러준 내용인데, 그는 조개 속에 새가 있는 것을 직접 보았다고 합니다. 창대는 바다 생물에 관한 풍부한 지식을 정약전에게 알려주었던 청년입니다.

그런데 정약전은 창대의 말을 그대로 수긍하는 것에 그치지 않고, 자신이 경험해보니 과연 그러하다고까지 말합니다. 정약전은 『자산어보』에 '조개 아래쪽에 구멍이 나 있는데, 새가 되어 나오고 들어갈 때 필시 그 구멍을 통할 것이다'라는 글을 남겨 놓았습니다.

지금의 우리가 이 주장을 액면 그대로 받아들이기는 어렵습니다. 하지만 이런 이야기는 우리 상상력의 원천이 됩니다. '정약전은 왜 이런 글을 남겼을까?'라는 생각의 씨앗이 되고, 그 씨앗이 싹을 틔우면 새로운 이야기가 되는 것이니까요.